中国文化·古典诗词品鉴

飞花令·菊

素心落雪 编著

中国文史出版社

图书在版编目（CIP）数据

飞花令.菊 / 素心落雪编著.— 北京：中国文史出版社，2018.5

ISBN 978-7-5205-0263-4

Ⅰ.①飞…　Ⅱ.①素…　Ⅲ.①古典诗歌—诗集—中国　Ⅳ.①I222

中国版本图书馆CIP数据核字（2018）第095769号

责任编辑：高　贝

出版发行：**中国文史出版社**

社　　址：北京市海淀区西八里庄69号　邮编：100142

电　　话：010-81136606　81136602　81136603（发行部）

传　　真：010-81136655

印　　装：北京新华印刷有限公司

经　　销：全国新华书店

开　　本：787mm × 1092mm　1/32

印　　张：6.625　　字数：120千字

版　　次：2018年8月第1版

印　　次：2020年5月第2次印刷

定　　价：29.80元

解读飞花令

飞花令，原是饮酒助兴的游戏之一，输者罚酒。源自古人的诗词之趣，得名于唐代诗人韩翃《寒食》中的名句“春城无处不飞花”。古代的飞花令要求，对令人所对出的诗句要和行令人吟出的诗句格律一致，而且规定好的字出现的位置同样有着严格的要求。

而现行“飞花令”的游戏规则相对宽松得多，只要围绕关键字背诵出相应的诗句即可。即使这样，“飞花令”仍是真正高手之间的对抗，因为这不仅考察对令者的诗词储备，更是临场反应和心理素质的较量。

陶渊明
采菊东篱下，悠然见南山 / 001
秋菊有佳色，裛露掇其英 / 003
芳菊开林耀，青松冠岩列 / 005

王　勃
九日重阳节，开门有菊花 / 009

宋之问
仙杯还泛菊，宝馔且调兰 / 011

王之涣
今日暂同芳菊酒，明朝应作断蓬飞 / 013

孟浩然
行至菊花潭，村西日已斜 / 015

王昌龄
雨歇亭皋仙菊润，霜飞天苑御梨秋 / 017

李　白
可叹东篱菊，茎疏叶且微 / 020
携壶酌流霞，搴菊泛寒荣 / 022
菊花何太苦，遭此两重阳 / 023

王　维

方同菊花节，相待洛阳扉 / 025

松菊荒三径，图书共五车 / 027

杜　甫

坐开桑落酒，来把菊花枝 / 029

满岁如松碧，同时待菊黄 / 031

每恨陶彭泽，无钱对菊花 / 032

雨荒深院菊，霜倒半池莲 / 033

竹叶于人既无分，菊花从此不须开 / 035

庭前甘菊移时晚，青蕊重阳不堪摘 / 037

丛菊两开他日泪，孤舟一系故园心 / 038

岑　参

遥怜故园菊，应傍战场开 / 041

为报使君多泛菊，更将弦管醉东篱 / 043

皇甫冉

茅檐燕去后，樵路菊黄时 / 045

崔　曙

且欲近寻彭泽宰，陶然共醉菊花杯 / 047

钱　起

杖藜仍把菊，对卷也看山 / 050

皎　然
九日山僧院，东篱菊也黄 / 052
近种篱边菊，秋来未著花 / 053

李　端
饮马逢黄菊，离家值白头 / 056

卢　纶
琼尊犹有菊，可以献留侯 / 058

张　籍
逢高欲饮重阳酒，山菊今朝未有花 / 060

韩　愈
少年饮酒时，踊跃见菊花 / 062

白居易
闲尝黄菊酒，醉唱紫芝谣 / 064
黍香酒初熟，菊暖花未开 / 065
花开残菊傍疏篱，叶下衰桐落寒井 / 067
爱菊高人吟逸韵，悲秋病客感衰怀 / 069
惆怅旧游那复到，菊花时节羡君回 / 070
耐寒唯有东篱菊，金粟初开晓更清 / 072
满园花菊郁金黄，中有孤丛色似霜 / 073
更待菊黄家酝熟，共君一醉一陶然 / 074

菊

李　绅

俱是海天黄叶信，两逢霜节菊花秋 / 076

刘禹锡

风莲坠故萼，露菊含晚英 / 078

昔看黄菊与君别，今听玄蝉我却回 / 079

姚　合

露华明菊上，萤影灭灯前 / 082

元　稹

闻君新酒熟，况值菊花秋 / 084

不是花中偏爱菊，此花开尽更无花 / 085

许　浑

何处曾移菊，溪桥鹤岭东 / 088

陆龟蒙

稚子书传白菊开，西成相滞未容回 / 090

朱庆馀

山深松翠冷，潭静菊花秋 / 092

杜　牧

篱东菊径深，折得自孤吟 / 094

陶菊手自种，楚兰心有期 / 095

尘世难逢开口笑，菊花须插满头归 / 096

赵　嘏

江边松菊荒应尽，八月长安夜正长 / 099

王禹偁

篱暗鲎啼菊，园荒蚁上茄 / 101

回头问黄菊，寂寞与谁开 / 103

晏　殊

槛菊愁烟兰泣露 / 105

金菊满丛珠颗细，海燕辞巢翅羽轻 / 107

求得人间成小会，试把金尊傍菊丛 / 109

梅尧臣

高轩盛丛菊，可以泛绿樽 / 111

白露夜正霏，黄菊寒更发 / 113

欧阳修

西风酒旗市，细雨菊花天 / 115

谁栽金菊丛相近，织出新番蜀锦窠 / 117

王安石

幽菊尚可泛，取鱼系榆条 / 119

苏　轼

菊暗荷枯一夜霜 / 121

短日明枫缬，清霜暗菊球 / 123

鬓重不嫌黄菊满，手香新喜绿橙搓 / 125
荷尽已无擎雨盖，菊残犹有傲霜枝 / 126

晏几道
金菊开时，已近重阳宴 / 128
年光还少味，开残槛菊，落尽溪桐 / 130

苏　辙
菊细初藏蝶，桐疏不庇鸦 / 132

黄庭坚
日日梁州薄媚，年年金菊茱萸 / 134

秦　观
问篱边黄菊，知为谁开 / 136

李清照
梅定妒，菊应羞，画阑开处冠中秋 / 139
不如随分尊前醉，莫负东篱菊蕊黄 / 142

陈与义
未应菊径关心急，聊为鱼槎尽意留 / 144
万事莫论兵动后，一杯当及菊残时 / 146

张元干
山阁杯浮菊，江城雁度云 / 149

陆　游

自笑如寒蝶，裴回残菊枝 / 151

菊花如志士，过时有余香 / 153

菊芽冒土如争出，柳色摇村已渐匀 / 155

残菊一枝香未残，夜窗拈起百回看 / 156

正遣清诗觅菊栽，穿云涉水又寻梅 / 158

重阳未见一枝菊，它日菊开生我愁 / 159

老去流年不耐催，微霜又见菊花开 / 160

旱余虫镂园蔬叶，寒浅蜂争野菊花 / 162

黄菊芬芳绝世奇，重阳错把配萸枝 / 163

杨万里

白菊初开也自黄，开来开去白如霜 / 165

菊花自择风霜国，不是春光外菊花 / 166

未应白菊减与黄，金作钿心玉作裳 / 168

辛弃疾

有玉人怜我，为簪黄菊 / 170

雪里疏梅，霜头寒菊，迥与余花别 / 173

对郑子真岩石卧，趁陶元亮菊花期 / 174

秋菊堪餐，春兰可佩，留待先生手自栽 / 176

杨炎正

吾生如寄，尚想三径菊花丛 / 180

刘　过

泛菊杯深，吹梅角远，同在京城 / 183

马致远

菊花开，正归来 / 186

汤显祖

猗兰延客语，高菊以邻芳 / 189

徐　灿

时节是重阳，菊花牵恨长 / 191

纳兰性德

雨晴篱菊初香，人言此日重阳 / 193

郑　燮

真菊重重画菊斜，一般秋色在陶家 / 195

本为编篱护菊花，谁知老竹又生芽 / 196

陶渊明

陶渊明（约365—427），名潜，字元亮，自号“五柳先生”，浔阳柴桑（今江西九江）人。曾任江州祭酒、镇军参军、建威参军、彭泽令等职。由于厌倦官场，不想为五斗米折腰而弃官归乡，过起躬耕隐居的田园生活。陶渊明诗文辞赋风格淡雅，感情真挚，语言质朴自然。有《陶渊明集》存世。

采菊东篱下，悠然见南山

饮酒（其五）

东晋・陶渊明

结庐在人境，而无车马喧。
问君何能尔？心远地自偏。
采菊东篱下，悠然见南山。
山气日夕佳，飞鸟相与还。
此中有真意，欲辨已忘言。

注释

结庐：建造房屋，这里指居住。

君：指诗人自己。

何能尔：为什么能这样。尔：如此、这样。

悠然：自得的样子。

见：看见。

日夕：指黄昏之时。

相与还：结伴而归。

真意：自然意趣。

忘言：不可言说。

简析

这首诗主要表现隐居生活的情趣，写诗人于劳动之余，饮酒至醉之后，在晚霞的辉映之下，在山岚的笼罩之中，采菊东篱，遥望南山。

“结庐在人境，而无车马喧”，诗人开篇自言虽居住于热闹喧嚣的环境中，却听不到车马的喧闹。“问君何能尔，心远地自偏”，解释了“而无车马喧”的原因，即只要内心能摆脱世俗的束缚，那么即使处于喧闹的环境里，也如同居于僻静之地。“采菊东篱下，悠然见南山”，“采菊”这一动作包含着诗人超脱尘世、热爱自然的情趣。“悠然”既形容人，也形容山，人闲逸而自在，山静穆而高远。此刻，心与山悠然相会，诗人仿佛已与南山融为一体。“悠然”二字也写出了诗人恬淡闲适、无欲无求的心境。“山气日夕佳，飞鸟相与还”，是对南山景物的描写。日暮的岚气，若有若无；鸟儿结伴而飞，归向山林。“此中有真意，欲辨已忘言”，诗末两句，诗人自言从大自然的美景中领悟到了人生的意趣，表露了悠闲自得的心境和对宁静自由的田园生活的热爱。

全诗语言平淡质朴，不假雕饰，可谓“平淡中见警策，朴素中见绮丽”。表达上情、景、理融为一体，景中含情，情中见理，理贯全篇。

背景

陶渊明有组诗《饮酒》，共二十首，都是酒后偶然的题咏，此为第五首。此诗以平淡悠远的语句，通过对自然景物的描写，点明了万物各得其所的哲理，表达了诗人崇尚自然、宁静淡远的心态。

名家点评

〔宋〕苏轼：因采菊而见山，境与意会，此句最有妙处。近岁俗本皆作“望南山”，则此一篇神气都索然矣。(《题陶渊明饮酒诗后》)

〔清〕叶燮：陶潜胸次浩然，吐弃人间一切，故其诗俱不从人间得。诗家之方外，别有三昧也。(《原诗》)

秋菊有佳色，裛露掇其英

饮酒（其七）

东晋 · 陶渊明

秋菊有佳色，裛露掇其英。
泛此忘忧物，远我遗世情。

一觞虽独进，杯尽壶自倾。
日入群动息，归鸟趋林鸣。
啸傲东轩下，聊复得此生。

注释

裛（yì）：通“浥”，沾湿。
掇：采摘。
英：花。
泛：浮。
忘忧物：指酒。
遗世情：遗弃世俗的情怀，即隐居。
壶自倾：由酒壶中再往杯中注酒。
群动：各类活动的生物。
啸傲：指逍遥自在，无拘无束。
得此生：指得到人生之真意，即悠闲适意的生活。

简析

首句“秋菊有佳色”，是对菊的倾心赞美。“有佳色”三字极朴素，“佳”字还暗点出众芳凋零，唯菊有傲霜之色。“裛露掇其英”，带露摘花，色香俱佳。“泛此忘忧物，远我遗世情”，秋菊佳色，助人酒兴，诗人不觉一杯接着一杯，独自饮起酒来。“一觞虽独进，杯尽壶自倾”，杯中酒独自饮尽，装酒的壶随意倾倒。“壶自倾”，却不去扶正，表达了诗人顺其自然的豁达之情。“日入群动息，归鸟趋林鸣”两句表现了傍晚时分万物消歇、众鸟归巢的安宁景象。“啸傲东轩下，聊复得此生”，末尾两句表达了诗人不受世俗纷扰的自信与自得，传递出了诗人内心对追求生命之“道”的坚定。

此诗语言平淡自然，但意旨深邃，富有韵味。

背景

陶渊明有组诗《饮酒》，共二十首，此为第七首。这首诗抒写了诗人远离世俗、对菊纵情饮酒的生活情趣，传达出诗人超然物外的高洁情怀。

名家点评

〔宋〕蔡绦：渊明当忧则忧，当喜则喜，忽然忧乐两忘，则随寓皆适，未当有择于其间，所谓超世遗物者。(《西清诗话》)

芳菊开林耀，青松冠岩列

和郭主簿（其二）

东晋 · 陶渊明

和泽周三春，清凉素秋节。
露凝无游氛，天高肃景澈。
陵岑耸逸峰，遥瞻皆奇绝。
芳菊开林耀，青松冠岩列。
怀此贞秀姿，卓为霜下杰。
衔觞念幽人，千载抚尔诀。
检素不获展，厌厌竟良月。

注释

和泽：雨水和顺。
周：遍。
三春：春季三个月。
露凝：露水凝结为霜。
游氛：飘游的云气。
肃景：秋景。
岑（cén）：小而高的山。
逸峰：姿态超迈的奇峰。
遥瞻：远望。
开：开放。
耀：耀眼，增辉。
冠岩列：在山岩的高处排列成行。
贞秀姿：坚贞秀美的姿态。
卓：直立。此处有独立不群意。
霜下杰：谓松菊坚贞，不畏霜寒。
衔觞：指饮酒。
幽人：指古代的隐士。
抚：保持。
尔：你们。
诀：法则，原则，引申为节操。
检素：检点素志，回顾本心。
厌厌：精神不振的样子。
良月：指十月。

简析

这首诗写秋色而能独辟蹊径，一反前人肃杀凄凉的悲秋传统。赞赏秋之清澈秀雅、灿烂奇绝，乃是此诗具有开创性的特征。

首句以春雨之多开篇，这是对《诗经》中“兴”的手法的继承，使多雨的春天和“清凉素秋节”产生对比，令人觉得下文描绘的秋色有胜过春光之意。“露凝无游氛，天高肃景澈”具体写秋高气爽之景，天朗气清，露水凝结，格外清新澄澈。诗人登高远望，层峦叠嶂，秀逸奇崛。近处菊花盛开，灿然耀目，青松成行，巍然挺立。深秋时节，菊花不畏寒冷，迎霜怒放；苍松青翠挺拔，卓尔不群。这自然使诗人联想到那些如松如菊的幽人隐士，发出“千载抚尔诀”的感叹。诗人不仅赞美了“幽人”的高洁情操，也是一种自喻和自勉。但诗人虽归隐山间，心中仍有壮志未酬之孤寂不平。这种矛盾的情绪，就催生出结尾二句：“检素不获展，厌厌竟良月。”诗人平素有志而不获施展，在清秋明月之下，也不由得老是精神不振了。

全诗格调高绝，寄情于景，情景交融。诗中通过对秋景的描绘和对古代幽人的企慕，既表现了诗人对山林隐逸生活的热爱，也衬托出诗人芳洁贞秀的品格与节操。

背景

此诗所作时间众说纷纭。逯钦立校注《陶渊明集》根据其《命子》《责子》二诗推算，认为此诗当为东晋义熙四年（408）陶渊明44岁时所作，这一说法较为可信。本诗为陶渊明于重阳之际应答友人之作，抒发了诗人向往隐逸的高洁情操和对好友的思念之情。

名家点评

〔宋〕苏轼：吾于诗人无所甚好，独好渊明之诗。渊明作诗不多，然其诗质而实绮，癯而实腴。自曹、刘、鲍、谢、李、杜诸人皆莫及也。(《东坡诗话录》)

〔清〕施补华：陶公诗，一往真气，自胸中流出，字字雅淡，字字沉痛，盖系心君国，不异《离骚》，特变其面目耳。(《岘佣说诗》)

王 勃

王勃（约650—676），字子安，绛州龙门（今山西河津）人，“初唐四杰”之一。其诗多写个人生活，亦有抒发政治感慨。王勃在诗歌体裁上擅长五律和五绝，代表作品有《送杜少府之任蜀州》等。原有文集，已散佚，明人辑有《王子安集》。

九日重阳节，开门有菊花

九日

唐 · 王勃

九日重阳节，开门有菊花。
不知来送酒，若个是陶家。

注释

九日：农历九月初九，即重阳节。
若个：哪个。
陶家：指陶渊明。

简析

“九日重阳节，开门有菊花”，诗人开篇直抒胸臆，描写重阳佳节，一开门便得见菊花盛开的喜悦心情。之后笔锋一转，“不知来送酒，若个是陶家”，由菊花联想起“白衣送酒”的典故，并借陶渊明与王弘交往的故事，表述了思友之情以及对隐居闲逸生活的向往。

本诗虽只有短短四句，却语言清新而不乏情致，意趣甚佳。

背景

本诗写于重阳佳节，诗人借菊花抒发了对闲适生活的向往。

名家点评

〔明〕胡应麟：王勃兴象宛然，气骨苍然，实首启盛、中妙境，五言绝亦抒写悲凉，洗尽流调，究其才力，自是唐人开山祖。(《诗薮》)

宋之问

宋之问（约656—约712），字延清，名少连，汉族，汾州隰城（今山西汾阳市）人，初唐时期的诗人，与沈佺期并称“沈宋”。在创作实践中使六朝以来的格律诗的法则更趋细密，使五言律诗的体制更臻完善，并创造了七言律诗的新体。

仙杯还泛菊，宝馔且调兰

奉和九日幸临渭亭登高应制得欢字

唐·宋之问

令节三秋晚，重阳九日欢。
仙杯还泛菊，宝馔且调兰。
御气云霄近，乘高宇宙宽。
今朝万寿引，宜向曲中弹。

注释

九日：农历九月初九。

令节：佳节。

泛菊：指古代重阳节登山宴饮菊花酒的活动。

御气：帝王的气象。

简析

应制诗，是我国古代臣子在陪同帝王饮宴、游览时所作的诗，内容多以歌功颂德为主。本诗就是一首应制之作。在皇权之下，其内容自然有诸多限制，然而本诗仍然展现出了广阔高远的格局。

“令节三秋晚，重阳九日欢”，首联点明了时节。重阳佳节，正值秋日，皇帝带领众臣登高远望，别有一番庄严气象。“仙杯还泛菊，宝馔且调兰”，写杯中美酒浸着菊花花瓣，精致的食物中隐约透出兰花的香气。这自然是皇家特有的繁华与奢侈。“御气云霄近，乘高宇宙宽”，颈联之中，诗人赞美了皇帝的威严，帝王气象似乎能直达云霄。而在此衬托之下，皇帝所乘坐的车舆也是广阔无比，充塞天地。此联运用了夸张的手法，想必可以让皇帝龙颜大悦。尾联点明了全诗的主题，诗人希望自己的诗作可以被配上曲目，供人传唱，也含蓄地表达了对自己期望得到赏识和重用的心情。

背景

本诗为诗人陪同皇帝重阳登高，游览渭亭之时所作。

名家点评

〔明〕胡应麟：沈七言律，高华胜宋；宋五言排律，精硕过沈。(《诗薮》)

王之涣

王之涣（688—742），盛唐时期的著名诗人，字季凌，汉族，蓟门人，一说晋阳（今山西太原）人。性格豪放不羁，常击剑悲歌，其诗多被当时乐工制曲歌唱，名动一时。他常与高适、王昌龄等相唱和，以善于描写边塞风光著称。其代表作有《登鹳雀楼》《凉州词》等。

今日暂同芳菊酒，明朝应作断蓬飞

九日送别

唐 · 王之涣

蓟庭萧瑟故人稀，何处登高且送归。
今日暂同芳菊酒，明朝应作断蓬飞。

注释

蓟庭：蓟州。

稀：少。

菊酒：菊花酒。

断蓬：断根的飞蓬，比喻漂泊不定。

简析

“蓟庭萧瑟故人稀”，开篇营造了一种悲凉的氛围。“故人稀”，指本来就没有什么朋友，如今再与一位朋友分别，今后会更加孤单。“何处登高且送归”，“何处登高”写客居他乡，没有登高的心情，登高只能引起对家人的思念，徒增内心的孤苦。“今日暂同芳菊酒，明朝应作断蓬飞”，用今日之行为与明日之遭遇对举，写尽了孤独飘零之苦。

这首写于重阳佳节之时的送别诗，乃是特定情境中的送别之语，倍添一份离别的悲伤，加深了诗人对友人的依依惜别之情。

背景

这首诗写于重阳节之时，表达了作者对友人依依不舍的情感。

名家点评

〔元〕辛文房：为诗情致雅畅，得齐梁之风。每有作，乐工辄取以被声律。(《唐才子传》)

孟浩然

孟浩然（689—740），名浩，字浩然，因祖籍为襄州襄阳（今湖北襄樊）而世称“孟襄阳”，与王维合称“王孟”。其诗歌题材多以山水田园、隐居逸兴及羁旅行役为主，以五言短篇居多，风格冲淡自然，是唐代山水派诗人的杰出代表。

行至菊花潭，村西日已斜

寻菊花潭主人不遇

唐・孟浩然

行至菊花潭，村西日已斜。
主人登高去，鸡犬空在家。

注释

菊花潭：掺有菊花的潭水，据说饮后可延年益寿，在河南内乡西北。

斜：倾斜。

简析

本诗写诗人寻隐者不遇。

“行至菊花潭，村西日已斜”，前两句写诗人寻主人之行踪，同时描写了主人所居住的环境。“菊花潭”，乃清幽之地，“日已斜”侧面烘托出了诗人来访之兴致高昂。

“主人登高去”，点明题中“不遇”。“鸡犬空在家”，以动写静，以鸡犬在家，无人惊扰，悠闲自得，反衬庭院之寂静，表达诗人不遇主人时的空落情怀。

全诗语言淡极，似无意为诗，而又自然成诗。诗人通过寥寥数语，勾勒出了一幅静谧、悠闲的日暮山村画卷。

背景

本诗写于重阳节，为孟浩然居于襄阳菊花潭村时所作，抒发了诗人闲适恬淡、超然物外的心情。

名家点评

〔清〕张谦宜：若无好处，只是空谈入妙。(《絸斋诗话》)

王昌龄

王昌龄（698—757），字少伯，河东晋阳（今山西太原）人，又一说京兆长安人（今西安）人，盛唐著名边塞诗人。其诗以七绝见长，尤以登第之前赴西北边塞所作边塞诗最为著名，情景妙合，意与境浑，有“诗家夫子王江宁”之誉，又被后人誉为“七绝圣手”。

雨歇亭皋仙菊润，霜飞天苑御梨秋

九日登高

王昌龄

青山远近带皇州，霁景重阳上北楼。
雨歇亭皋仙菊润，霜飞天苑御梨秋。
茱萸插鬓花宜寿，翡翠横钗舞作愁。
谩说陶潜篱下醉，何曾得见此风流。

注释

带：围绕、环绕。

皇州：京城。

霁景：天空晴朗无云。

亭皋：亭子旁边的水中之地。

花宜寿：用花作为礼物赠送给人，可以用来祝人长寿。

谩说：枉说，滥说。

简析

“青山远近带皇州，霁景重阳上北楼”，首联落笔大气，写出了雨后初晴、登高望远的壮美景色。青山由远及近，仿佛京城之内的洋洋大观都尽收眼底，令读者有身临其境之感。

“雨歇亭皋仙菊润，霜飞天苑御梨秋”，颔联写深秋时节，菊花不畏霜寒，傲然开放，经雨水洗礼后更加鲜润可爱。

“茱萸插鬓花宜寿，翡翠横钗舞作愁”，生动细致地描摹了人们头插茱萸，祝祷长寿，欢歌起舞的景象。

重阳时节，秋高气爽，雨后初晴，更见澄澈。远望是青山万里，近处有菊花盛开。诗人在尾联中发出“何曾得见此风流”的感慨。难怪陶渊明要醉于菊花了，如此风流景象，哪里是人间常见的呢？

全诗由远及近，由景至情，辞气清丽，过渡自然。娓娓言语之中，诗人悠然赏景、洒然尽兴的重阳欢宴跃然笔端，不仅是叙事佳作，更是一幅生动的民俗画卷。

背景

这首诗是王昌龄于重阳所作，记叙了诗人登高望远，心怀大畅的欢乐情景。

名家点评

〔宋〕刘克庄：唐人《琉璃堂图》以昌龄为诗天子，其尊之如此。(《后村诗话》)

〔明〕陆时雍：王昌龄多意而用之，李太白寡意而寡用之。昌龄得之锤炼，太白出于自然，然而昌龄之意象深矣。(《诗镜总论》)

李　白

李白（701—762），字太白，号青莲居士，祖籍陇西成纪（今甘肃天水），是唐代最伟大的诗人之一，被后人誉为“诗仙”。李白生活在盛唐时期，他性格豪迈，游踪遍及南北各地，写出大量赞美名山大川的壮丽诗篇。李白的诗作，以乐府、歌行及绝句成就为最高。其歌行，完全打破诗歌创作的一切固有格式，空无依傍，笔法多端，达到了变幻莫测、摇曳多姿的神奇境界；其绝句自然明快，能以简洁明快的语言表达出无尽的情思。其诗风，既豪迈奔放，又清新飘逸，想象丰富，意境奇妙。

可叹东篱菊，茎疏叶且微

感遇四首（其二）

唐・李白

可叹东篱菊，茎疏叶且微。
虽言异兰蕙，亦自有芳菲。
未泛盈樽酒，徒沾清露辉。
当荣君不采，飘落欲何依。

注释

泛：指用菊花浸酒。

清露：清冷的露珠。

当荣：正当花开之时。

简析

诗人在这首诗中以菊花自喻，表达了功业未成，时光飞逝之感。前四句借用陶渊明“采菊东篱下”之意赞美菊花，言其不畏寒冷，独自于深秋绽放，不仅有“茎疏叶且微”的怜叹之意，更赞扬菊花与春天的兰蕙相比，也自有其出众之处。后四句表达了对菊花的深切爱怜，与此前“茎疏叶且微”相应。菊花正值盛开，却没有人来采撷入酒，无缘热闹繁华，只能在清冷的露水中默默开放。“当荣君不采”两句颇有“有花堪折直须折”之意，慨叹时光不再，花落无依，将菊花赋予人性化的色彩，创造了一个“东篱菊”的典型意象，同时也寄托了诗人自己的怅惘情绪。

全诗托物言志，清新自然，含蓄隽永。

背景

本诗是李白《感遇四首》中的第二首，此诗以菊花自喻，表达了韶华易逝、岁月难留之感。

名家点评

〔元〕萧士赟：此篇喻贤者蒙朝廷养育之恩，有才而不见用，空受此恩也。当可用之时而君不采之，惟有飘零老死而已，将安所依乎？是可叹也。(《分类补注李太白诗》)

携壶酌流霞，搴菊泛寒荣

九日

唐·李白

今日云景好，水绿秋山明。
携壶酌流霞，搴菊泛寒荣。
地远松石古，风扬弦管清。
窥觞照欢颜，独笑还自倾。
落帽醉山月，空歌怀友生。

注释

流霞：代指美酒。

搴菊：以手折菊。

寒荣：寒冷天气里开放的花。

弦管：泛指乐器和乐声。

窥觞：看见杯子里的倒影。觞为古代的酒杯。

自倾：自己倾倒，形容心中欢乐。

落帽：古书中有“孟嘉落帽”典故，形容风流倜傥、豪爽潇洒的名士姿态。

友生：友人。

简析

“今日云景好，水绿秋山明”，开篇写重阳佳节天朗云清，绿水青山相映成趣，可见诗人心情愉悦。“携壶酌流霞，搴菊泛寒荣”，诗人登高赏菊，畅饮美酒，酒壶中装的是佳酿，采下的菊花馨香扑鼻，散发着秋日气息。“地远松石古”，高山深林之间，松树、山石姿态奇绝，颇有古朴意蕴。“风扬弦管清”，丝竹声随风传入诗人耳中，乐声清朗动听。“窥觞照欢颜”，低头笑看酒杯中的倒影，映照出诗人愉悦的笑颜，见到酒杯中的自己，诗人不禁开怀大笑。虽然是“独笑”，但诗人并非孤寂落寞地自怜，而是怡然自乐、兴致勃勃。“落帽醉山月，空歌怀友生”，尾句引用典故，山月升起，诗人像魏晋名士一样醉倒在山林之间，帽子落下，高声吟唱，怀念友人，仪容不整却自有风流，展现出自由不羁的心境。

背景

此诗约作于宝应元年（762），时李白在当涂。李白在重阳节之际登高赏菊，写下此诗，表达了豁达自乐的人生情怀。

菊花何太苦，遭此两重阳

九月十日即事

唐·李白

昨日登高罢，今朝更举觞。
菊花何太苦，遭此两重阳？

注释

即事：以眼前事物为题材之诗。

登高：古时重阳节有登高的习俗。

更：再。

举觞：举杯。

两重阳：古时重阳节有采菊宴赏的习俗，重阳后一日宴赏为小重阳。

简析

“昨日登高罢，今朝更举觞”，言昨天才登上龙山饮宴，今天再一次在这里举起酒杯饮酒。

“菊花何太苦，遭此两重阳”，菊花为何这般苦，在大小重阳时两次被人们采撷。诗人借菊花两次遭人采摘的遭遇，抒发惋惜之情，也借菊花感叹自己被流放夜郎的不幸遭遇。

背景

这首诗是李白在当涂龙山登高之作。时唐代宗宝应元年（762）秋重阳节后一日，李白已于前一日登过一次龙山，并作了《九日龙山饮》。

名家点评

〔清〕王琦：菊以两遇宴饮，两遭采掇，故有太苦之言。(《李太白全集》)

王 维

王维（约701—约761），字摩诘，号摩诘居士，世称“王右丞”，河东蒲州（今山西永济）人，是唐代著名的山水派诗人和画家。王维参禅悟理，学庄信道，精通诗、书、画、音乐等，以诗名盛于开元、天宝间，尤长五言，多咏山水田园，与孟浩然合称“王孟”，并有“诗佛”之称。其诗清新淡远、自然脱俗，苏轼评曰：“味摩诘之诗，诗中有画；观摩诘之画，画中有诗。”

方同菊花节，相待洛阳扉

送崔兴宗

唐 · 王维

已恨亲皆远，谁怜友复稀。
君王未西顾，游宦尽东归。
塞迥山河净，天长云树微。
方同菊花节，相待洛阳扉。

注释

崔兴宗：生卒年不详，博陵人，曾任右补阙，官终饶州长史，王维内弟。早年隐居终南山，与王维、卢象、裴迪等游览赋诗，琴酒自娱。

游宦：泛指外出求官或做官。

菊花节：即重阳节。

简析

此诗写于长安，诗人送崔兴宗赶赴洛阳。

“已恨亲皆远，谁怜友复稀”，首联言身边的朋友越来越少了，内心的伤感油然而生。“君王未西顾，游宦尽东归”，颔联点出了崔兴宗出游的原因。因为唐玄宗在东京洛阳，游宦者大多奔洛阳而去。“塞迥山河净，天长云树微”，颈联写景，渲染了离情。离情于浩大气象扫荡之下，有临行增以壮词，以望游宦高就之意。“方同菊花节，相待洛阳扉”，尾联表明诗人不久也将去洛阳，两人能在重阳节再度重逢。

背景

此诗写于开元二十二年（734）春，王维送崔兴宗赴洛阳游宦。

名家点评

〔元〕辛文房：维诗入妙品上上，画思亦然。至山水平远，云势石色，皆天机所到，非学而能。(《唐才子传》)

松菊荒三径，图书共五车

晚春严少尹与诸公见过

唐 · 王维

松菊荒三径，图书共五车。
烹葵邀上客，看竹到贫家。
鹊乳先春草，莺啼过落花。
自怜黄发暮，一倍惜年华。

注释

见过：谦辞，来访之意。

五车：形容书非常多。

三径：归隐者的家园。出自陶渊明《归去来兮辞》："三径就荒，松菊犹存。"

鹊乳：鹊哺其雏。

黄发：人年老时头发变白，白久了又变黄，指年龄已大。

简析

这首诗写隐居时的生活状态和珍惜美好时光的心态。

"松菊荒三径"，用典贴切，用"三径"写出了自己隐居的事实。"图书共五车"，极言家中藏书之多。"烹葵邀上客，看竹到贫家"，诗人蒸制葵菜款待来访的朋友，并邀请他们欣赏青竹。"鹊乳先春草，莺啼过落花"，颈联触景生情，寓情于景，以景及人，以物喻己。鹊乳与莺啼相对，春草与落花同举，诗人的惜春之心与自怜之意深藏不露。"自怜黄发暮，一倍惜年华"，时光飞逝，引发了诗人伤春惜时的感慨。

全诗语言清晰流畅，不见雕琢痕迹，可谓佳作。

背景

少尹是王维的好友，他与几位好友一同去拜访王维，王维作为答谢，作了此诗，表达了诗人安贫乐道，珍惜美好年华的情怀。

名家点评

〔元〕方回：三、四唐人不曾犯重，极新。第六句尤妙。(《瀛奎律髓》)

〔明〕陆时雍：三四精雅，五六语韵恬适。(《唐诗镜》)

杜 甫

杜甫（712—770），字子美，自号少陵野老，襄阳人，后徙河南巩县（今巩义市），是唐代伟大的现实主义诗人，与李白合称“李杜”。杜甫生活在唐朝由盛转衰的历史时期，其诗大多是反映当时的社会面貌和民间疾苦，题材广泛，寄意深远，抒发了忧国忧民的情怀，因而被誉为“诗史”。杜诗沉郁顿挫，语言精练，格律严谨，感情真挚，达到了极高的艺术水平。

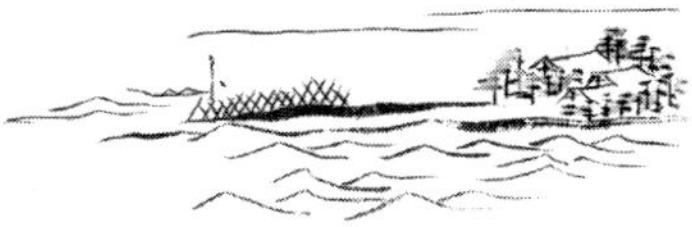

坐开桑落酒，来把菊花枝

九日杨奉先会白水崔明府

唐 · 杜甫

今日潘怀县，同时陆浚仪。
坐开桑落酒，来把菊花枝。
天宇清霜净，公堂宿雾披。
晚酣留客舞，凫舄共差池。

注释

潘怀县：指潘岳。

陆浚仪：指陆云。

桑落：酒名。

简析

“今日潘怀县，同时陆浚仪”，首联用潘岳和陆云代指主客两人。“坐开桑落酒，来把菊花枝”，写美酒当前，更有菊花锦簇，供人欣赏，可谓是赏心乐事。“天宇清霜净，公堂宿雾披”，颈联将视线拉远，描摹秋高气爽、流霜清净的景象。“晚酣留客舞，凫舄共差池”，虽有霜雾近身，大家却都兴致不减，宴饮直至夜间，酒酣耳热，见堂前水鸟，竟然随之起舞，潇洒之致。

全诗笔调清丽，描写了深秋时节，好友对坐赏菊，把酒言欢的场面。将情感寓于叙事之中，含蓄流畅。

背景

此诗当作于唐玄宗天宝十四年（755），是杜甫赠友人杨奉先之作。

满岁如松碧，同时待菊黄

树间

唐·杜甫

岑寂双柑树，婆娑一院香。
交柯低几杖，垂实碍衣裳。
满岁如松碧，同时待菊黄。
几回沾叶露，乘月坐胡床。

注释

婆娑：枝叶纷披的样子。

交柯：交错的树枝。

低几杖：低于茶几和手杖。

垂实：下垂的柑果。

满岁：整年。

胡床：一种可以折叠的轻便坐具。

简析

这首诗描写了诗人在柑橘树下乘凉赏月的情景。

首联别出蹊径，诗人从听觉和嗅觉两方面描摹自己所处的环境。“岑寂”写出了夜晚寂静无声的安宁氛围，“婆娑一院香”照应上句，不仅写出了香气萦绕，也将树影婆娑的细微声响补充到了这幅图景之中。颔联继续描写柑橘树的繁茂：枝丫交错，低至几案之上，果实累累，直欲沾染衣衫。“满岁如松碧，同时待菊黄”，颈联赞扬橘树终年青翠如松柏，也借“同时待菊黄”一句点明了时节。“几回沾叶露，乘月坐胡床”，夜凉如水，清露无声。诗人独坐胡床之上，享受这无尽月色。由于仕途屡屡受挫，境遇多舛，又怀有一颗忧国忧民之心，杜甫的诗歌大多沉郁悲凉，甚少有如此闲适安宁之作。

全诗遣字工整，写景沉实又不失灵动之气。

背景

本诗为杜甫于秋夜独自赏月时所作，表达了诗人心中对平静生活的向往。

每恨陶彭泽，无钱对菊花

复愁十二首（其十一）

唐·杜甫

每恨陶彭泽，无钱对菊花。
如今九日至，自觉酒须赊。

注释

恨：遗憾。

彭泽：县名，在今江西省北部。陶渊明曾为彭泽令，因以“彭泽”借指陶渊明。

九日：指农历九月九日重阳节，古人有登高饮酒赏菊的习俗。

简析

杜甫虽有“诗圣”之名，但大半生都在穷困潦倒中度过，经常要靠人接济。《江村》一诗中，“但有故人供禄米，微躯此外有何求”也说明了这种境况。本诗虽为题菊，却也是诗人自伤穷困的感慨。

“无钱对菊花”，诗中用了陶渊明“无钱对菊”的典故。檀道鸾《续晋阳秋》载：“陶潜九月九日无酒，于宅边菊丛中摘菊盈把，坐其侧。久之，望见白衣至，乃王弘送酒也，即便就酌，醉而后归。”诗人用陶渊明无钱买酒对菊事，借以自伤贫困。辛酸之情，跃然纸上。

背景

本诗为杜甫晚年时于重阳节所作，抒发了诗人在艰难生活中的悲凉心情。

雨荒深院菊，霜倒半池莲

宿赞公房

唐 · 杜甫

杖锡何来此，秋风已飒然。
雨荒深院菊，霜倒半池莲。
放逐宁违性，虚空不离禅。
相逢成夜宿，陇月向人圆。

注释

杖锡：手持锡杖。锡杖，菩萨头陀十八物之一，上有四股十二环，表示四谛十二因缘之义。比丘向人乞食，到门口，便震动锡杖上的小环作声，以让人知道。

飒（sà）然：形容风吹时沙沙作响。

宁：岂能。

虚空：荒野无人之处。

陇月：洁白明亮的月亮。

简析

诗人与原京师大云寺赞公重逢，时值诗人因上疏救宰相房琯，被贬弃官，暂居秦州之际。

首联诗人以“杖锡何来此”起笔，表现了偶遇时的惊愕之情。接着寄情于景，用“秋风已飒然”表达所处环境之萧条。“雨荒深院菊，霜倒半池莲”，写赞公禅房所见之景，侧面写出了赞公作为释门隐者清静淡泊的生活与性格。“雨荒”“霜倒”等词语，暗示了赞公平白受屈被贬的不幸遭遇。“放逐宁违性，虚空不离禅”，颈联以“放逐”起首，推崇赞公不为放逐移节的情操。在安慰、赞扬赞公的过程中包含着对贬谪、放逐的蔑视。“相逢成夜宿，陇月向人圆”，尾联写月夜，点明题目中的“宿”字。二人本来交情很好，后来同案遭贬，如今又在边地相逢，自是非常难得。“陇月”句，不仅是写景，更重要的是以月圆象征两位老友的团圆。

背景

此诗当为乾元二年（759）深秋在秦州时作。赞公是杜甫的旧友，在长安大云寺做住持时，曾留杜甫在寺内小住，并赠送丝细毛布。不曾想在流寓中再次相逢。诗中描写夜宿赞公土室的所见所感，对赞公的守禅本性给予赞美，抒发了他乡遇故知的欣喜之情。

竹叶于人既无分，菊花从此不须开

九日五首（其一）

唐・杜甫

重阳独酌杯中酒，抱病起登江上台。
竹叶于人既无分，菊花从此不须开。
殊方日落玄猿哭，旧国霜前白雁来。
弟妹萧条各何在，干戈衰谢两相催！

注释

竹叶：竹叶青酒。

殊方：异域，他乡。

玄猿：黑色的猿。

哭：猿啼似哭。

旧国：指长安。

干戈：战乱。

衰谢：衰老。

简析

这首诗是杜甫在九月九日重阳节登高望远而写下的作品。

诗人当时因病客居在夔州，由于年老多病，所以更加思念故乡和亲人。诗人忧心国事家事，无法排解心中悲苦，于是登上高处，赋诗一首。

“重阳独酌杯中酒，抱病起登江上台”，首联点明了时节与登高原因。重阳节的习俗是登高饮酒，诗人抱病在身，也不忘登上江台，欣赏秋色。“竹叶于人既无分，菊花从此不须开”，颔联写诗人因病而无法畅饮，心中苦闷，无心赏菊，于是便发出菊花也不用再开的感慨。“殊方日落玄猿哭，旧国霜前白雁来”，诗人将西沉的落日、凄厉的猿啼、南飞的白雁用同一情感串联起来，用异乡之景与旧国之物、黑猿与白雁的相互对比，渲染出了重阳登高时的凄清之境。尾联以佳节思亲作结。“弟妹萧条各何在”表达了诗人对亲人的牵挂和思念之情；“干戈衰谢两相催”，哀叹自己身遭战乱，衰老多病的凄惨处境。字里行间，寄托着诗人飘零寥落和伤时忧国之感。

背景

此诗是唐代宗大历二年（767）重九日杜甫在夔州登高时所作。时值重阳，诗人抱病登高，抒发心中的愁苦。

名家点评

〔宋〕魏庆之：杜子美云：“竹叶于人既无分，菊花从此不须开。”直以“菊花”对“竹叶”，便萧散不为绳墨所窘。(《诗人玉屑》)

〔元〕方回：此“竹叶”，酒也，以对“菊花”，是为真对假，亦变体。“于人既无分”“从此不需开”，于虚字上十分着力。(《瀛奎律髓》)

庭前甘菊移时晚，青蕊重阳不堪摘

叹庭前甘菊花

唐·杜甫

庭前甘菊移时晚，青蕊重阳不堪摘。
明日萧条醉尽醒，残花烂漫开何益。
篱边野外多众芳，采撷细琐升中堂。
念兹空长大枝叶，结根失所缠风霜。

注释

堪：能。

萧条：寂寥。

烂漫：散乱貌。

众芳：泛指野花。

采撷：摘取。

兹：此。

简析

“庭前甘菊移时晚，青蕊重阳不堪摘”，首联慨叹檐前菊花因移植的时间晚，不能赶在重阳佳节绽放。诗人借庭前菊花晚开，喻自己迟暮不遇。颔联“明日萧条醉尽醒”，没有了重阳佳节其乐融融的氛围，赏花人的兴致由浓转薄直至曲终人散。颈联“篱边野外多众芳，采撷细琐升中堂”，篱边的野花被精心采摘，甘菊因为生不逢时，即使花蕾缀满枝头，也不会有人驻足欣赏，而且敌不过要与残酷风霜抗争的命运。诗人以野外众芳喻小人得宠。尾联“念兹空长大枝叶，结根失所缠风霜”，从侧面反映了菊花不畏霜雪的气概，衬托出了菊花的高洁品质。诗人以菊花这一意象自比，表达了自己勇于面对现实、不屈不挠的情操，以及对自己生不逢时、报国无门的慨叹。

背景

杜甫于唐玄宗天宝十三年（754）重阳节居长安下杜城，他由庭前迟开的甘菊花联想到自己的身世，有感而作。

名家点评

〔清〕仇兆鳌："此诗借庭菊以寄慨，甘菊喻君子，众芳喻小人，伤君子晚犹不遇，而小人杂进在位也。"(《杜甫诗注》)

从菊两开他日泪，孤舟一系故园心

秋兴八首（其一）

唐·杜甫

玉露凋伤枫树林，巫山巫峡气萧森。
江间波浪兼天涌，塞上风云接地阴。
从菊两开他日泪，孤舟一系故园心。
寒衣处处催刀尺，白帝城高急暮砧。

注释

巫山巫峡：夔州一带的巫山山脉和巫峡。

萧森：萧瑟阴森。

兼天涌：波浪滔天。

塞上：指巫山。

接地阴：风云盖地。

他日：往日，指多年来的艰难岁月。

故园：长安。

刀尺：剪刀和尺子，缝制冬衣的工具。

白帝城：即今奉节城，在瞿塘峡上口北岸的山上，与夔门隔岸相对。

急暮砧：黄昏时急促的捣衣声。

简析

这首诗是《秋兴八首》组诗中的第一首。诗人通过写夔州秋景，寄寓自伤漂泊、思念故园的心情。

“玉露凋伤枫树林，巫山巫峡气萧森”，首联开门见山，描绘出具有浓重感伤色彩的秋景，奠定了全诗哀怨、凄清的基调。“江间波浪兼天涌，塞上风云接地阴”，巫峡波浪滔天，巫山上空的乌云好似要压到地面上来，颔联写景的同时也暗示了局势的动荡不安、诗人前途未卜的处境。“兼”“接”二字，写出了浑莽之象。

“丛菊两开他日泪，孤舟一系故园心”，颈联是全篇诗意所在。“开”字双关，既指菊开两度，又指泪流两回，见丛菊而流泪，足见羁留夔州心情的凄伤。“系”字亦双关：孤舟停泊，舟系了岸；心念长安，系于故园。此处写得深沉含蓄，耐人寻味。“寒衣处处催刀尺，白帝城高急暮砧”，尾联在时序推移中叙写秋声。“急暮砧”，指黄昏时分捣衣的砧声很紧。捣衣声增添了客子的愁绪。在这黯淡萧条的秋景和暮色中，诗人的孤独忧伤之感被渲染得淋漓尽致。

背景

《秋兴八首》是大历元年（766）秋杜甫滞留夔州时所作，此为第一首。当时蜀地战乱不息，诗人晚年多病，壮志难酬，心境非常落寞。

名家点评

〔明〕王嗣奭：秋兴八首，以第一首起兴，而后七首俱发中怀，或承上，或启下，或互相发，或遥相应，总是一篇文字。(《杜臆》)

〔清〕李锳：末二句写出客子无家之感，紧顶“故园心”作结，而能不脱“秋”字，尤佳。(《诗法易简录》)

岑 参

岑参（约715—770），荆州江陵（现湖北江陵）人，唐代著名的边塞诗人，与高适并称“高岑”。其诗的主要思想倾向是慷慨报国的英雄气概和不畏艰难的乐观精神。艺术上气势雄伟，想象丰富，造意新奇，风格峭拔。他擅长以七言歌行描绘壮丽多姿的边塞风光，抒发豪放奔腾的感情，代表作有《白雪歌送武判官归京》等。

遥怜故园菊，应傍战场开

行军九日思长安故园

唐 · 岑参

强欲登高去，无人送酒来。
遥怜故园菊，应傍战场开。

注释

九日：指九月九日重阳节。

强：勉强。

无人送酒：据《南史 · 隐逸传》记载，陶渊明有一次过重阳节，没有酒喝，就在宅边的菊花丛中独自闷坐，这时正好王弘来送酒，于是醉饮而归。

故园：诗人远在长安的家。

傍：靠近、接近。

简析

这是一首五言绝句，诗人以重阳登高为题，抒发对国事的忧虑和对战争的厌恶之情。

“强欲登高去，无人送酒来”，“强欲”二字，说勉强想打起精神去登高，十分形象地写出了这个重阳节到来时诗人落寞的心情。登高本就勉强，无人送酒更让人兴致全无。“遥怜故园菊，应傍战场开”，因为重阳节有饮菊花酒的习俗，诗人便由酒联想到菊花。诗人将故园菊花和战场相并，这样的布局新颖又合乎现实，不觉生硬。诗人用往日的重阳节和今日的重阳节进行对比，又通过想象把菊花和战场相并，借思乡之情暗喻长安失陷的惨象，寄托了诗人的忧思。用典与抒怀自然融合，意味深长。

背景

唐肃宗至德二载（757）二月，肃宗由彭原行军至凤翔，岑参随行，九月唐军收复长安。这首诗原有小注：“时未收长安。”因而，此诗可能是当年重阳节在凤翔所写，正是战乱之时。

名家点评

〔清〕徐增：此诗以看菊为主，登高为宾。(《而庵说唐诗》)

〔近代〕俞陛云：花发战场，况未休兵，谁能堪此？嘉州《见渭水思秦川》诗云云，亦思乡之作。心随水去，已极写乡思，而此作加倍写法，感叹尤深。(《诗境浅说续编》)

为报使君多泛菊，更将弦管醉东篱

九日使君席奉饯卫中丞赴长水

唐·岑参

节使横行西出师，鸣弓擐甲羽林儿。
台上霜风凌草木，军中杀气傍旌旗。
预知汉将宣威日，正是胡尘欲灭时。
为报使君多泛菊，更将弦管醉东篱。

注释

使君席：指虢州刺史所设饯席。

卫中丞：即卫伯玉。原为安西将领，肃宗时因功先后封为右羽林大将军，四镇、北庭行营节度使，神策军节度使，代宗时拜荆南节度使。

横行：纵横驰骋，所向无阻。

鸣弓：张弓发箭作声。

擐甲：披挂甲胄战衣。

羽林：即羽林军，是皇帝的禁卫军。

台：指御史台。

宣威：宣扬国威。

胡尘：指外族入侵。

泛菊：把菊花放到酒里，使其浮于酒上。古代重阳节有喝菊花酒的习俗。

将：携带。

简析

首联气势宏大，描绘了将领和士兵出师西行，整齐行军的场景，“鸣弓擐甲”使人若闻铠甲铿锵，兵戈声动。“台上霜风凌草木，军中杀气傍旌旗”，颔联更进一步，秋季本为肃杀的季节，高台之上，霜冷风劲，更衬托出了军中威武肃然的气势。前后两句，一低一昂，备极笔墨之势。“预知汉将宣威日，正是胡尘欲灭时”，诗人抒发了自己乐观的信念和坚定的决心，读来掷地有声，令人心潮奔涌。“为报使君多泛菊，更将弦管醉东篱”，“泛菊”乃以菊花入酒，使花瓣漂浮酒上。诗人在出师之际，仿佛已经预见到了大军得胜，欢饮庆功，管弦齐奏的场景。

本诗虽为酒席上的应酬之作，词句直白，但其意昂扬奋发，章法分明，辞气流畅，实为边塞诗中佳作。

背景

上元二年（761）重阳节，虢州刺史为出师东征的神策军节度使、御史中丞卫伯玉饯行，岑参与会，故有此作。

名家点评

〔明〕周珽：作法雄整，意调朗健。(《唐诗选脉会通评林》)

皇甫冉

皇甫冉（约717—约771），字茂政，润州丹阳（今江苏镇江）人，唐代诗人。他才华横溢，其诗多写离乱漂泊、宦游隐逸、山水风光。诗风清逸俊秀，佳作颇多。

茅檐燕去后，樵路菊黄时

寄刘八山中

唐·皇甫冉

东皋若近远，苦雨隔还期。
闰岁风霜晚，山田收获迟。
茅檐燕去后，樵路菊黄时。
平子游都久，知君坐见嗤。

注释

东皋：水边向阳高地。
苦雨：久下成灾的雨。
樵路：打柴人走的小路。

简析

本诗为诗人寄予山中好友之作。

“东皋若近远”一句用陶潜《归去来兮辞》故典：“登东皋以舒啸，临清流而赋诗”，点明了全诗隐逸的基调。诗人想要来到山野之间与好友相聚，却被大雨阻隔。此处的“苦雨”不仅是天气，也是世路多风雨的感慨。颔联描写自己的近况：闰年的秋节来得更晚，山间田野尚待收获。诗人抬眼望去，茅檐下的燕巢已空，飞鸟南归。而林间小路有打柴人走过，脚边是盛开的金黄菊花。看似安宁闲适的景象，对诗人来说却是束缚着他的无尽红尘。“平子游都久，知君坐见嗤”似在说，隐居山中的友人会嘲笑自己，实际上，却是诗人对自身处境的不满和嘲讽。

背景

本诗作于秋季，是皇甫冉写给好友的作品，抒发了诗人厌倦世事，意图归隐的思想感情。

名家点评

〔唐〕高仲武：冉诗巧于文字，发调新奇，远出情外。(《中兴间气集》)

崔 曙

崔曙，宋州（今河南商丘）人。唐开元二十六年登进士第。其诗多写景摹物，同时寄寓乡愁友思。词句对仗工整，辞气多悲。传世之作有《崔曙集》一卷。

且欲近寻彭泽宰，陶然共醉菊花杯

九日登望仙台呈刘明府

唐 · 崔曙

汉文皇帝有高台，此日登临曙色开。
三晋云山皆北向，二陵风雨自东来。
关门令尹谁能识，河上仙翁去不回。
且欲近寻彭泽宰，陶然共醉菊花杯。

注释

望仙台：河上公曾授汉文帝以《老子》而去，后无踪影。汉文帝筑台以望之，曰望仙台，遗址在今陕西鄂县西三十里。

高台：指望仙台。

曙色开：朝日初出、阳光四照的样子。

三晋：春秋末，韩、赵、魏三家分晋，称三晋。今属山西、河南、河北地。

北向：山势向北偏去。

二陵：指崤山南北的二陵，在今河南洛宁、陕县附近。

关：函谷关。

令尹：老子西游至函谷关，关令尹喜留老子著书五千言，后随老子而去，不知所终。

河上仙翁：河上公，汉文帝时人，传说其后羽化成仙。

彭泽宰：晋陶渊明曾为彭泽令。此处借指刘明府。

陶然：欢乐酣畅的样子。

菊花杯：对菊举杯饮酒。

简析

这是一首登临应酬的七律诗，描写了望仙台壮丽的景色，进而发出想要归隐的感慨。

“汉文皇帝有高台，此日登临曙色开”，汉文帝筑起高高的望仙台，诗人登临此台时朝霞刚刚散去。“三晋云山皆北向，二陵风雨自东来”，颔联写诗人站在望仙台上之所见。三晋一带，云山都向着北方，崤山二陵的风雨皆由东吹来。“关门令尹谁能识，河上仙翁去不回”，颈联反问还有谁认识当年守关的令尹？河上仙翁也一去不回。诗人表达了功名利禄终究是过眼烟云的感慨。“且欲近寻彭泽宰，陶然共醉菊花杯”，不如将陶公寻访，和他一起对菊举杯，欢乐畅饮。尾联表露了诗人看淡仕途，向往归隐的心态。

背景

这首诗是作者在重阳节与友人刘明府同登望仙台所作。

名家点评

〔明〕顾璘：此篇句律典重，通篇匀称，情景分明，又一意直下，固足为法。但看音律不雄浑，绝似中唐。(《批点唐音》)

〔清〕金圣叹："曙色开"妙。一是高台久受湮没，气象忽得一开；一是登高台人久抱抑郁，情思忽得一畅。(《贯华堂选批唐才子诗》)

钱 起

钱起（约722—780），字仲文，吴兴（今浙江湖州）人。唐代宗大历中为翰林学士。钱起长于五言，词采清丽，音律和谐。因与郎士元齐名，世称“钱郎”。其诗具有较高的艺术水平，风格清空闲雅、流丽纤秀，尤长于写景，为大历诗风的杰出代表，被誉为“大历十才子之冠”。

杖藜仍把菊，对卷也看山

山园秋晚寄杜黄裳少府

唐·钱起

惆怅佳期阻，园林秋景闲。
终朝碧云外，唯见暮禽还。
泉石思携手，烟霞不闭关。
杖藜仍把菊，对卷也看山。
望望离心起，非君谁解颜。

注释

少府：县尉的别称。

携手：指好友，即杜黄裳。
杖藜：谓拄着手杖行走。
把菊：采菊。
望望：瞻望、依恋貌。

简析

这是一首寄给友人杜黄裳，表达思念之情的诗作。诗人开篇直抒胸臆，写下了自己的惆怅：佳期难再，路远山长，唯有独对一园秋景，寄情于诗中。山居寂寞，与诗人日日做伴的，只有朝出暮归的禽鸟而已。然而，孤寂之中也别有隐逸之趣。诗人可漫步山间，与清泉奇石相对；而终日开启院门，虽无访客，却有淡淡烟霞不期而遇。

“杖藜仍把菊，对卷也看山”，更深一层地描绘了诗人的隐逸生活。拄杖而行，见路边菊花开放，便可随意停步赏玩；对卷良久，抬眼便是青山迢迢，足以悦人眼目。然而，诗中所描述的生活尽管悠然可喜，却全是为最后一句做出铺垫：“望望离心起”，尽管诗人身处安闲宁静的生活之中，却仍时常远望，独自惆怅。而这一切的理由，只是“非君谁解颜”——如果友人不在，那么菊花再清丽，烟霞再缱绻，诗人仍旧满怀惆怅，不得展颜。

全诗巧用对比和烘托手法，生动直白地表达了对友人的思念之情。

背景

这是诗人写给好友的诗作，描绘了秋日山居的宁静寂寥，也抒发了对友人的深切思念。

皎　然

皎然（730—799），俗姓谢，字清昼，湖州（浙江吴兴）人，唐代著名诗人、茶僧。与颜真卿、灵澈、陆羽等和诗，现存皎然诗470首。多为送别酬答之作。情调闲适，语言简淡。

九日山僧院，东篱菊也黄

九日与陆处士羽饮茶

唐・皎然

九日山僧院，东篱菊也黄。
俗人多泛酒，谁解助茶香。

注释

陆处士羽：指陆羽，擅长品茶，著有《茶经》一书，被后人奉为“茶圣”。

简析

诗人曾与陆羽一同居住于吴兴杼山妙喜寺，两人是至交好友。“九日山僧院”，九日，即九月九日重阳节，诗人与好友同在院中，对坐饮茶。“东篱菊也黄”，清风习习，菊花盛开，一幅闲适冲淡之景。“俗人多泛酒”一句，指当时风俗，皆喜以菊花撒于杯中。诗人对此发出疑问，世人都喜欢用菊花佐酒，谁又知道它能够使茶的香气更为沁人心脾呢？惋惜之情，溢于笔端。本句不仅言事，更暗含了诗人宁静超然，不愿沾染俗世的心境。

这首五言绝句虽然是即兴之作，随手偶得，却别具清丽闲淡之妙。

背景

本诗为僧人皎然于重阳节时，与友人陆羽小聚饮茶时所作，寄托了超然闲适的心境。

近种篱边菊，秋来未著花

寻陆鸿渐不遇

唐·皎然

移家虽带郭，野径入桑麻。
近种篱边菊，秋来未著花。
扣门无犬吠，欲去问西家。
报道山中去，归时每日斜。

注释

陆鸿渐：即“茶圣”陆羽。

带：近。

郭：外城，泛指城墙。

篱边菊：语出陶渊明《饮酒》诗："采菊东篱下，悠然见南山。"

著花：开花。

扣门：敲门。

西家：西边邻居。

报道：回答道。报，回报，回答。

日斜：日将落山，黄昏、傍晚天色昏暗的时候。

简析

这首诗写皎然在陆羽迁居后，过访而不遇之事，全诗笔致清灵，别有隽味。

"移家虽带郭，野径入桑麻"，首联写出了陆鸿渐隐居的环境，在城郭一带，乡间小路通向桑麻的地方。"近种篱边菊，秋来未著花"，自然平淡的语言点出诗人造访陆鸿渐的时节为秋天，这时篱笆边的菊花还没盛开。"篱边菊"语出陶渊明《饮酒》："采菊东篱下，悠然见南山。""扣门无犬吠，欲去问西家"，诗人紧接着去敲门，但是连狗吠的声音都没有，即家中无人，诗人在茫然想要离开之时，又转身向西边的邻居打听情况。"报道山中去，归时每日斜"，邻居告诉诗人，陆鸿渐到山里去了，夕阳西下时会归来。通过邻居的语言侧面烘托出陆鸿渐寄情山水、适性任情的高人逸士形象。

背景

这首诗是皎然访友人陆羽不遇之作，描写了隐士闲适清静的生活情趣。

名家点评

〔明〕杨慎：僧皎然有《访陆鸿渐不遇》一首……虽不及李白之雄丽，亦清致可喜。(《升庵诗话》)

〔清〕沈德潜：通首散语，存此以识标格。(《唐诗别裁》)

〔近代〕俞陛云：此诗晓畅，无待浅说，四十字振笔写成，清空如话。(《诗境浅说》)

李　端

李端（737—784），字正已，赵州（今河北赵县）人，唐代诗人。曾任秘书省校书郎、杭州司马。晚年辞官隐居湖南衡山，自号衡岳幽人。今存《李端诗集》三卷。其诗多为应酬之作，多表现消极避世思想，个别作品对社会现实亦有所反映，一些写闺情的诗也清婉可诵。

饮马逢黄菊，离家值白头

送客赴江陵寄郢州郎士元

唐 · 李端

露下晚蝉愁，诗人旧怨秋。
沅湘莫留滞，宛洛好遨游。
饮马逢黄菊，离家值白头。
竟陵明月夜，为上庾公楼。

注释

沅湘：沅水和湘水的并称。

宛洛：二古邑的并称，即今之南阳和洛阳。常借指名都。

简析

首联开篇点明了时节，“露下晚蝉愁”，秋风寒冷，蝉的生命即将走到尽头。然而此处愁绪满怀的，并不是无知无觉的昆虫，而是如诗人所言，“怨秋”的自己。不为萧瑟秋景，只为友人将要远行。

颔联写出了诗人对好友的美好祝愿。“沅湘”是战国诗人屈原遭放逐后长期流浪之地，诗人希望好友莫要在此停下脚步，自然也是希望他的前路是一片坦途。“宛洛”乃名都之代称，诗人盼望好友能功成名就，在繁华都城站稳脚跟。情意深重，皆系于此。

“饮马逢黄菊，离家值白头”，颈联抒发了自己漂泊多年的复杂情感。菊花虽然盛开，然而路途之上，也只有趁着饮马之时才能匆匆一看；明明是应该落叶归根的晚年，却要再一次远离故土。两重离恨，无处诉说，只能在月明之夜独登高楼。庾公楼不仅是送别之处，更是望乡之地。

全诗对仗工整，情感含蓄。寄情于景，余韵悠长。

背景

本诗为诗人晚年送别之作，寄托了与好友离别的伤感之情。

卢　纶

卢纶（约748—798），字允言，“大历十才子”之一，唐代河东蒲州（今山西永济）人。卢纶的唱和应答诗主要为五言和七言近体诗，成就不高，边塞诗则雄浑慷慨，为人们所传诵。代表诗作有《晚次鄂州》《塞下曲》等。

琼尊犹有菊，可以献留侯

九日奉陪令公登白楼同咏菊

唐 · 卢纶

琼尊犹有菊，可以献留侯。
愿比三花秀，非同百卉秋。
金英分蕊细，玉露结房稠。
黄雀知恩在，衔飞亦上楼。

注释

令公：对中书令的尊称。中唐以后，因节度使多加中书令，“令公”之称渐泛。

留侯：汉代张良因帮助刘邦定天下有功，被封为留侯，后人多以此称之。

玉露：指白色菊花。

简析

本诗是一首奉答应酬诗。首联点明了时令，“可以献留侯”表达了诗人对令公的赞赏之意。颈联赞赏菊花凌霜而开的傲然风姿和高洁品质，颔联描写了菊花开放之时的美丽模样，黄菊花瓣纤细如金丝，白菊似玉，清美凝露。对仗工整，词藻华丽。

“黄雀知恩在，衔飞亦上楼”一句，化用南朝《续齐谐记》之典，东汉人杨宝曾救过一只黄雀，后来黄雀托梦报恩，衔给杨宝四枚白玉环，使杨之子孙位登三公，享受荣华富贵。诗人用此故典，意味深长，不独是在逢迎令公，也含蓄地表达了希望对方能够提携自己。

卢纶长于边塞诗，气势不凡，然而在一首奉答之作中，仍能用笔端丽流畅，详述其情其景，逢迎却不显鄙俗，颇见功力。

背景

本诗是诗人在秋季陪同中书令登楼赏菊时所作，是一首应制诗。

张 籍

张籍（约766—约830），字文昌，唐代诗人，和州乌江（今安徽和县乌江镇）人。其乐府诗颇多反映当时社会现实之作，表现了对人民的同情。其诗作的特点是语言凝练而平易自然。和当时的王建齐名，世称“张王”。代表作有《秋思》《节妇吟》《野老歌》等。

逢高欲饮重阳酒，山菊今朝未有花

重阳日至峡道

唐 · 张籍

无限青山行已尽，回看忽觉远离家。
逢高欲饮重阳酒，山菊今朝未有花。

注释

逢高：碰到高山。

山菊：野菊花。

简析

“无限青山行已尽，回看忽觉远离家”，诗开篇运用了对比的表现手法，诗人离家远行，前面是青山，身后是家乡，青山越走越近，而家乡越来越遥远。青山无限，长途漫漫，走得越远，思乡愈甚。“回看”一词耐人寻味，说出了诗人的无奈、恋恋不舍，还有一丝顿悟、遗憾、惆怅。

古人重阳节有登高、赏菊、插茱萸、喝菊花酒等习俗，且一般都是呼朋唤友集体行动，而诗的后两句中“逢高”“欲饮”表明作者并未有登高动作，也没有喝成菊花酒，寻其原因，无奈菊花还没有开放。菊花本是拒绝污秽、高洁圣士的代表，而“山菊”，即野菊，多了几分“在野”的意味，是在暗示作者的处境。即使是荒野菊花，也不改其傲视群芳的身姿。

背景

张籍32岁进士及第，39岁才做官。他前期擅乐府，晚年多近体诗。本诗是其前期作品，感叹自己生不逢时，命运多舛。

名家点评

〔宋〕朱熹：张文潜诗只一笔写去，重意重字皆不问，然好处亦是绝好。(《朱子语类》)

韩 愈

韩愈（768—824），字退之，河南河阳（河南孟州）人。韩愈是唐代古文运动的倡导者，被后人尊为“唐宋八大家”之首，与柳宗元并称“韩柳”。他提出的“文道合一”“气盛言宜”“务去陈言”“文从字顺”等散文的写作理论，对后人很有指导意义。韩愈的诗，风格多样，气势雄伟，想象丰富，形象奇特。

少年饮酒时，踊跃见菊花

晚菊

唐·韩愈

少年饮酒时，踊跃见菊花。
今来不复饮，每见恒咨嗟。
伫立摘满手，行行把归家。
此时无与语，弃置奈悲何。

注释

踊跃：形容情绪高涨、热烈，争先恐后。

咨嗟：叹息。

弃置：抛弃，扔在一边。

简析

晚年，晚节，晚菊，这三种因素汇集到一起，造就了这首诗中的复杂情绪。诗人饱含感情地回想少年时代：与友人欢饮之时，总是带着热烈蓬勃的心情去观赏怒放的菊花。然而如今年纪渐长，已经不再饮酒，每每见到菊花之时，只能怀着伤感之情深深叹息。

诗人伫立良久，在花丛之中采摘了满把菊花，珍重地带回家中。然而花不解语，只能徒然相对。想必此时此刻，诗人心中也充满了感慨：菊花年年在这个时节盛开，然而人生的春日一旦过去，却永远不再回来了。这时手中捧着的菊花，也早已不是年少时赏过的那一束。时移世易，怎能不叫人悲叹？然而归根结底，人与花的命运又是何等相似！被采摘之后弃置一旁，菊花不能出声抗议，人又能做些什么呢？至此，全诗从怀念过去转变为了对命运的叹息，情绪层层递进，终结于一声悲叹。

背景

本诗是韩愈写于暮年的咏菊之作，借物言志，表达了自己对过往境遇的无奈之情。

名家点评

〔宋〕惠洪：予尝熟味退之诗，真出自然，其用事深密，高出老杜之上。(《冷斋夜话》)

白居易

白居易（772—846），字乐天，号香山居士，又号醉吟先生，原籍山西太原，生于河南新郑，有“诗魔”“诗王”之称。白居易与元稹共同倡导新乐府运动，世称“元白”，与刘禹锡并称“刘白”。白居易的诗歌题材广泛，形式多样，语言平易通俗，代表诗作有《长恨歌》《琵琶行》《卖炭翁》等。

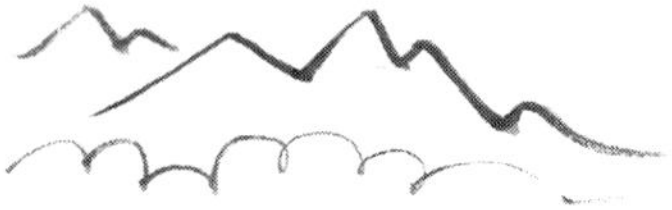

闲尝黄菊酒，醉唱紫芝谣

和令公问刘宾客归来称意无之作

唐 · 白居易

水南秋一半，风景未萧条。
皂盖回沙苑，篮舆上洛桥。
闲尝黄菊酒，醉唱紫芝谣。
称意那劳问，请钱不早朝。

注释

水南：指洛水之南。

萧条：寂寞冷落，凋零。

皂盖：古代官员所用的黑色篷伞。

篮舆：指竹轿。

紫芝谣：泛指隐逸避世之歌。

简析

“水南秋一半，风景未萧条”，开篇气势宏大，描写了尚未萧条零落的绚丽秋景。在这种景象之中，诗人乘坐竹轿，出门游览。“闲尝黄菊酒，醉唱紫芝谣”，诗人畅饮清香淡雅的黄菊酒，醉意醺然地唱起了紫芝谣。诗人内心向往归于山间的淡泊宁静，因此，他在尾联中写下“称意那劳问，请钱不早朝”，表达了对富贵荣华的轻视和对顺心而为的洒脱自在的追求。

背景

本诗写于作者为官之时，是访友归来后的应答之作，记叙了席间情景，也抒发了诗人心中向往田园生活的感情。

黍香酒初熟，菊暖花未开

九日登巴台

唐·白居易

黍香酒初熟，菊暖花未开。
闲听竹枝曲，浅酌茱萸杯。
去年重阳日，漂泊湓城隈。
今岁重阳日，萧条巴子台。

旅鬓寻已白，乡书久不来。
临觞一搔首，座客亦徘徊。

注释

巴台：巴子台，在忠州城东。

黍：黄米，可用于酿酒。

竹枝曲：巴渝民歌，竹枝词。

茱萸杯：指重阳节饮酒。

湓城：江州城。

隈：角落。

寻：不久。

搔首：用手挠头，若有所思。

简析

古人习俗，重阳节是家人团聚之日，要登高饮酒赋诗。本诗开篇描绘自己与友人饮酒、赏花、听曲的热闹景象。随后笔锋一转，回忆“去年重阳日”，自己尚在湓城漂泊，今年重阳节，又来到了巴台。江州司马今为刺史，虽仕途升迁，友人在座，但鬓白年衰而乡关路远，想必再度回乡，也是“儿童相见不相识，笑问客从何处来”的情境，也无怪乎诗人要因“乡书久不来”而空自叹惋了。

诗人的处境可以说是“飘然若转蓬”，天地之大，不得归乡。这是“每逢佳节倍思亲”的思念，也是“断肠人在天涯”的感叹。所以诗人直抒胸臆，纵有“闲听竹枝曲，浅酌茱萸杯”之欢，却更勾起了思乡愁绪，故而临觞搔首，踟蹰不乐。末一句“座客亦徘徊”推己及人，将热闹的聚会染上了淡淡的惆怅。

全诗将思乡之情描摹得曲折而又真切，思绪开阔而情致凝练，颇有古风。

背景

这首诗是白居易于元和十四年（819）在忠州所写。作者身在异乡，正值重阳，写下了自己的思乡之情。

花开残菊傍疏篱，叶下衰桐落寒井

晚秋夜

唐·白居易

碧空溶溶月华静，月里愁人吊孤影。
花开残菊傍疏篱，叶下衰桐落寒井。
塞鸿飞急觉秋尽，邻鸡鸣迟知夜永。
凝情不语空所思，风吹白露衣裳冷。

注释

月华：月光，月色。
傍：靠近。
塞鸿：从塞外归来的大雁。
凝情：凝神专注的样子。

简析

这是一首月下怀人的诗作，更是情景交融的佳作。诗人在首联将目光投向如洗的夜空，以一个“静”字奠定全诗基调，将读者带入了幽静而深邃的境界之中。碧空高朗，月下凝神，本该是闲适之景，诗人却因为无人陪伴、孤单寂寞而说自己是“月里愁人”。

颔联描写秋日独有的景象，“残菊”“疏篱”“衰桐”“寒井”，勾勒出一种凄清孤冷的氛围。“塞鸿飞急觉秋尽，邻鸡鸣迟知夜永”，诗人的目光接着由景物转向了动物，“塞鸿”与“邻鸡”，一远一近，在空间上带给读者广阔的思索和体验。然而秋虽将尽，夜尚长久，故此，诗人的愁绪在短时之内尚无法排解，也就有了尾联的“凝情不语空所思”，久久凝伫，“风吹白露衣裳冷”。全诗情绪一以贯之，流畅自然，描写出了诗人月下独自徘徊的万千思绪。

本诗运笔浅淡清丽却不显寡淡，可谓淡而有味，余韵十足。

背景

本诗大约作于唐宪宗元和元年（806）。诗人秋夜独对月色，若有所思，抒发了思之难尽的寂寥心情。

名家点评

〔清〕叶燮：白俚俗处而雅亦在其中。(《原诗》)

爱菊高人吟逸韵，悲秋病客感衰怀

酬皇甫郎中对新菊花见忆

唐·白居易

爱菊高人吟逸韵，悲秋病客感衰怀。
黄花助兴方携酒，红叶添愁正满阶。
居士荤腥今已断，仙郎杯杓为谁排。
愧君相忆东篱下，拟废重阳一日斋。

注释

皇甫郎中：皇甫曙，诗人的友人。郎中为官名。

逸韵：格调高雅的诗篇。

居士：在家修行的佛教徒。

杯杓：饮酒用的器具。

简析

诗人以“爱菊高人”起笔，看似兴致高昂，却又自比“悲秋病客”。病中之人原本易多愁绪，何况又是寂寥秋日。好在友人携酒而来，更有黄花助兴，自可稍慰心怀。然而全诗之中，诗人的心绪始终处于矛盾状态。“逸韵”与“衰怀”同在，“助兴”与“添愁”无法分割。或许这就是秋日独有的情思，好在诗人在末尾二联中又找回了洒脱的情绪。

白居易晚年笃信佛教，自称“香山居士”，常常诵经持斋，远避酒肉。但感于好友情谊，虽“居士荤腥今已断”，仍要与君共饮。“愧君相忆”的“愧”字，似有“以我独沉久，愧君相问频”之意，可想而知，诗人的境况并不理想，以至于面对友人的挂念竟至心中有愧。诗人自觉无以为报，只好“拟废重阳一日斋”，洒脱一笑，与好友共饮。

本诗对仗工整，辞气流畅，在平实之中自见功力。

背景

此诗作于大和八年（834），为白居易于重阳节时酬答友人之作，体现了诗人与好友的深厚情谊。

惆怅旧游那复到，菊花时节羡君回

送王十八归山寄题仙游寺

唐·白居易

曾于太白峰前住，数到仙游寺里来。
黑水澄时潭底出，白云破处洞门开。
林间暖酒烧红叶，石上题诗扫绿苔。
惆怅旧游那复到，菊花时节羡君回。

注释

王十八：即王质夫，诗人白居易的好友，隐居于仙游寺。

太白峰：太白山，为秦岭主峰，在今陕西太白县东南。

黑水：仙游寺附近有潭，水呈黑色。

简析

这首诗是诗人送别朋友时所作。开篇回忆与友人几度交游，并描写了仙游寺的清幽景色，“黑水”“白云”对仗工整，颜色对比清丽，“出”和“开”的动态描写非独写景，更暗喻其时心境的开阔疏朗，使人颇有身临其境之感。

白居易的诗向来简单直白，通俗易懂，不用生僻之词，却能对情与景做出极为准确的描写。“林间”“石上”二句，诗人描绘了与友人在寺中居住时的生活状态。以林间红叶暖酒，扫石上绿苔而题诗，不仅高雅闲适，更有野逸之趣。

如此，也难怪诗人要感叹“惆怅旧游那复到”了，自己为尘世所羁，只能在深秋时节送友人归去。离别的伤感和向往隐逸而不能至的羡慕之情，使诗人的心情格外复杂。

全诗语言清丽，情致幽远，并不言明送别之意，仅在结尾以“羡君回”三字，既抒发个人情感，又点明送归主题，一气呵成，圆融流畅。

背景

本诗作于元和四年（809），作者时在长安，送友人王质夫归山，此为送别时所作。

名家点评

〔清〕金圣叹：送人诗，只末句三字略带，其外通首纯是寄题。此法他人亦曾有之，然定觉还有意致，还有风格，此则不过直直眼见之儿笔也。（《贯华堂选批唐才子诗》）

〔近代〕俞陛云：暖酒题诗，韵事也。暖酒而在林翠之中，题诗而在岩石之上，逸趣也。更以红叶绿苔妆点之，雅事与丽句兼矣。（《诗境浅说》）

耐寒唯有东篱菊，金粟初开晓更清

咏菊

唐·白居易

一夜新霜著瓦轻，芭蕉新折败荷倾。
耐寒唯有东篱菊，金粟初开晓更清。

注释

著：附。

倾：倾倒。

唯：只有。

金粟：黄色的花蕊。

简析

这是一首咏物言志诗。

“一夜新霜著瓦轻，芭蕉新折败荷倾”，写霜降之时，芭蕉叶断，荷花残败。“耐寒唯有东篱菊，金粟初开晓更清”，转写菊花耐寒，初开的黄色花蕊让早晨更加清香。诗人运用对比和烘托的手法，赞美了菊花耐寒傲冷的高洁品格，意旨高远。

满园花菊郁金黄，中有孤丛色似霜

重阳席上赋白菊

唐·白居易

满园花菊郁金黄，中有孤丛色似霜。
还似今朝歌酒席，白头翁入少年场。

注释

郁金黄：花名，即金桂，这里形容金黄色的菊花似郁金黄。
孤丛：花丛中的孤芳。
白头翁：白发老者，诗人自谓。
少年场：少年们活动的场合。

简析

诗人通过描写黄菊丛中的一簇白菊，以花喻己，写得饶有情趣。

“满园花菊郁金黄，中有孤丛色似霜”，开篇写满园金黄的菊花中，有一丛颜色似白霜的菊花，“满”与“孤”对比，更加突出白菊的存在。“还似今朝歌酒席，白头翁入少年场”，诗人接着写白菊，就好像白头翁进了满是年轻人的歌酒席，比喻巧妙。品味诗中之意，诗人虽有自我调侃、感叹时光易逝之意，但更多的是笑对人生的乐观豁达。

背景

此诗作于大和四年（830），白居易此时在洛阳任太子宾客。诗人虽然年老，但仍有少年的情趣。

更待菊黄家酝熟，共君一醉一陶然

与梦得沽酒闲饮且约后期

唐·白居易

少时犹不忧生计，老后谁能惜酒钱。
共把十千沽一斗，相看七十欠三年。
闲征雅令穷经史，醉听清吟胜管弦。
更待菊黄家酝熟，共君一醉一陶然。

注释

梦得：诗人刘禹锡，字梦得。

沽酒：买酒。

后期：后会之期。

犹：还，尚且。

十千：十千钱，言酒价之高以示尽情豪饮。

征：征引，指行酒令的动作。

雅令：高雅的酒令，自唐以来盛行于士大夫间的一种饮酒游戏。

穷：寻根究源。

经史：满腹的经纶才学。

清吟：清雅地吟唱诗句。

菊黄：指菊花盛开的时候，通常指重阳节。

家酝：自己家中酿的酒。

陶然：形容闲适欢乐的样子。

简析

“少时犹不忧生计，老后谁能惜酒钱”，首联写少年时都不为生计忧愁，老了之后谁还会吝惜酒钱？诗人从“少时”写到“老后”，透露出沽酒时的豪爽，同时也暗含着一丝无奈。“共把十千沽一斗，相看七十欠三年”，言用十千钱买一斗好酒，彼此相看都已经快70岁了，年老的挚友醉眼相看，彼此头发花白，不由得感慨万千。

“闲征雅令穷经史，醉听清吟胜管弦”，闲时征求酒令，穷搜经书史籍，酒醉时聆听吟咏胜过领略管弦。这里的“闲”是身闲而心未尝闲，表面上是借游戏来颐养性情，实则排遣寂寞无聊。“更待菊黄家酝熟，共君一醉一陶然”，一个“更”字，把友情推向了高峰。此番“闲饮”，似乎意犹未尽，于是二人相约重阳佳节时再次畅饮。这首诗写的是“闲饮”，却包蕴着极为悲怆的身世之感。

全诗言简意富，语淡情深。

背景

开成三年（838），白居易和刘禹锡同在洛阳，诗题中“闲饮”二字透露出诗人寂寞而又闲愁难遣的心境。

名家点评

〔清〕黄叔灿：诗境自然，不假雕镂，而写来总异凡俗。(《唐诗笺注》)

〔清〕方东树：起得突兀老气，挥斥奇警，可比杜公矣。妙在第四句，自外来招之入伴，而融洽成一片，故妙。后半平衍而已，却本色。(《昭昧詹言》)

李　绅

李绅（772—846），字公垂。祖籍亳州谯县（今安徽省亳州市谯城区）。唐朝宰相、诗人。李绅与元稹、白居易交游甚密，为新乐府运动的参与者。著有《乐府新题》二十首，已佚。《全唐诗》存其诗四卷。

俱是海天黄叶信，两逢霜节菊花秋

重到惠山

唐·李绅

碧峰依旧松筠老，重得经过已白头。
俱是海天黄叶信，两逢霜节菊花秋。
望中白鹤怜归翼，行处青苔恨昔游。
还向窗间名姓下，数行添记别离愁。

注释

惠山：又名慧山、九龙山，在今江苏无锡。
松筠：指松竹。
黄叶信：报秋信，因树叶至秋而黄，故云。
霜节：指霜降的节令。

简析

本诗写于惠山禅寺，诗人与禅师鉴玄为十年旧友，多年之后，故地重游，物是人非，故言“碧峰依旧松筠老”。颔联点明时节，“海天”极言距离之远，然而即使与友人相隔两地，眼中所见的，仍是一样的秋日，可见昔日交情甚笃。颈联“望中白鹤怜归翼”一句化用丁令威仙去、化鹤归来之事，暗示故友鉴玄已逝，使全诗感情更为沉郁悲凉。行走于山寺之中，处处仍旧留有友人的痕迹。时光飞逝，诗人困于尘世，羁旅多年，旧友也已驾鹤西归。思及往事，连视线中飞舞的白鹤，以及脚下无知无觉的青苔似乎都带上了哀伤的情绪。因此，诗人只好在鉴玄影堂之中寻到旧友名姓，挥毫写下此诗，来抒发自己的离愁别恨。

全诗运笔沉着，感情浓郁，情景交融，令人掩卷怅然。

背景

本诗写于作者重到惠山、旧地重游之时，表达了思念友人之情。

名家点评

〔清〕金圣叹：五、六犹言今日重来，已恨昔时别去。七、八犹言今日虽来，多恐明日又别也。(《贯华堂选批唐才子诗》)

刘禹锡

刘禹锡（772—842），字梦得，河南洛阳人，有“诗豪”之称。刘禹锡诗文俱佳，涉猎题材广泛，与柳宗元并称“刘柳”，与韦应物、白居易合称“三杰”，并与白居易合称“刘白”。其诗大多自然流畅、简练爽利，有《陋室铭》《竹枝词》《乌衣巷》等名篇传世。

风莲坠故萼，露菊含晚英

秋晚题湖城驿池上亭

唐·刘禹锡

秋次池上馆，林塘照南荣。
尘衣纷未解，幽思浩已盈。
风莲坠故萼，露菊含晚英。
恨为一夕客，愁听晨鸡鸣。

注释

次：临时驻扎、住宿。

南荣：指南边的屋檐。

简析

“秋次池上馆，林塘照南荣”，首联描写了驿馆之中的秋景。池馆萧瑟，塘中水光映于房屋南檐。“尘衣纷未解，幽思浩已盈”，颔联写诗人虽一身征尘，衣衫还未解去，却已满怀忧思。“未解”与“已盈”形成对比，生动地描绘出了诗人疲倦而忧愁的形象。“风莲坠故萼，露菊含晚英”，写风吹残荷，花萼惨然坠落。而凝露的菊花尚且含苞待放。诗人在被贬谪的途中，见此情景，触景生情，自己恰如秋风之下的残荷。然而菊花凌霜待放，又为诗人保留了一丝希望。

颈联不独写景，亦是自比，在凄凉情景中留存一丝安慰之意。尾联写诗人因遭贬斥，迫于期限而不能逗留，因而写下“恨为一夕客”。凌晨时分，鸡鸣声起，想必诗人一夜未眠。这种感慨，不仅是因为时光和生命的流逝，更是伤于时事，壮志难酬的叹息。

全诗感情沉郁，言语平实，然而其意真挚，读来只觉怅然。

背景

本诗为永贞元年（805）九月，刘禹锡贬谪出京，赴连州途中所作。

昔看黄菊与君别，今听玄蝉我却回

始闻秋风

唐·刘禹锡

昔看黄菊与君别，今听玄蝉我却回。
五夜飕飗枕前觉，一年颜状镜中来。
马思边草拳毛动，雕眄青云睡眼开。
天地肃清堪四望，为君扶病上高台。

注释

君：秋风对诗人的称谓。

玄蝉：秋蝉。

我：秋风自称。

五夜：五更。

飕飗：风声。

颜状：容貌。

拳毛：卷曲的马毛。

雕：猛禽。

眄：斜视。

肃清：秋气清爽明净。

扶病：带病。

简析

这首诗不同于一般的“悲秋”之作，这是一首高亢的秋歌。

“昔看黄菊与君别，今听玄蝉我却回”，首联别出心裁地创造了一个有知有情的形象——“我”，即诗题中的“秋风”，亦即“秋”的象征。而诗中的“君”，指的是诗人。诗人采取拟人手法，从对方着墨，生动地创造了一个奇妙而又情韵浓郁的意境。“看黄菊”和“听玄蝉”，形象而准确地点明了秋风去而复还的时令。

“五夜飕飗枕前觉，一年颜状镜中来”，颔联诗人从自己的角度来写。五更时分，凉风飕飕，一听到这熟悉的声音，就知道是“你”回来了，一年不见，“你”还是那么劲疾肃爽，而我那衰老的颜状却在镜中显现出来。

颈联“马思边草拳毛动，雕眄青云睡眼开”，用力一转，精神顿作。到了尾联，由于有颈联“马思边草”“雕眄青云”的铺垫，这里的迎秋风上高台，翘首四望的形象也就尽在不言中了。“为君”二字照应开头，脉络清晰，结构完整。“扶病”二字暗扣第四句，写出一年颜状衰变的原因。但是，尽管如此，诗人豪情不减，犹上高台，这就更表现出他对秋的喜爱，也映衬出诗人自强不息的意志和积极进取的精神。

背景

这首诗作于刘禹锡晚年，既赞颂了大好秋光，也表达了他积极向上的豪情壮志。

名家点评

〔清〕沈德潜：下半首英气勃发，少陵操管，不过如是。(《唐诗别裁》)

〔近代〕俞陛云：梦得此作，振笔挥洒，英气勃发，不作寻常悲秋之语。(《诗境浅说》)

姚　合

姚合（约779—约855），唐代著名诗人。陕州（今河南陕县）人，祖籍吴兴（今浙江省湖州市）。姚合在当时诗名很盛，交游甚广，与刘禹锡、张籍、王建等都有往来唱酬。擅长五律，以幽折清峭见长，善于摹写自然景物，时有佳句。

露华明菊上，萤影灭灯前

喜雍陶秋夜访宿

唐·姚合

晓立侍炉烟，夜归蓬荜眠。
露华明菊上，萤影灭灯前。
清漏和砧叠，栖禽与叶连。
高人来此宿，为似在山颠。

注释

雍陶：晚唐诗人，生卒年不详。

炉烟：熏炉或香炉中的烟。

蓬荜：皆草名，蓬户荜门，指简陋居室。

清漏：清晰的滴漏声。

砧：捣衣声。

山颠：同山巅。

简析

本诗为诗人有感于好友夜间来访并留宿，体现了两人之间的深厚友谊。

“晓立侍炉烟，夜归蓬荜眠”，首联描写了山中居住的清幽环境。“露华明菊上，萤影灭灯前”，颔联对仗工整，写景清丽。月光给菊花添了一分耀眼的明丽，灯已亮起，将流萤的微弱光点掩盖了。这是眼前可见的景象。颈联之中，诗人则由近及远，侧耳倾听，只闻得更漏声声，清砧处处；而远处更有禽鸟栖迟，拂动树叶簌簌清响。以动写静，以大自然特有的声响来反衬居处之宁静。

尾联之中，诗人对朋友不吝赞美之情。在普遍的印象之中，居住于高山之巅的，多半都是隐者名士。而诗人反其道而行之，表示有朋友留宿在此，即使是普通的居处，也让人感觉如在山巅了。这不仅是对周围景色的赞叹，也是诗人对好友发自内心的赞许之意。

背景

本诗题目中所提到的“雍陶”，是唐代诗人，著有《送蜀客》《别君山》等名诗。他是诗人姚合的好友。姚合喜悦于友人夜间来访，故有此作。

元　稹

元稹（779—831），字微之，河南河内（今河南洛阳）人。曾任监察御史。因得罪宦官及守旧官僚，遭贬斥。元稹与白居易为好友，常相唱和，世称“元白”。其诗风格也与白居易相近，元诗与白诗合称“元白体”。曾撰传奇《莺莺传》，另有诗文集《元氏长庆集》。

闻君新酒熟，况值菊花秋

饮新酒

唐·元稹

闻君新酒熟，况值菊花秋。
莫怪平生志，图销尽日愁。

注释

新酒：古人重阳节有饮新酿之酒的风俗。

简析

开篇“闻君新酒熟”，诗人直抒胸臆，亲近不拘。“况值菊花秋”，更是自然转向主题，“况”字意味深长。你的酒已酿好，况且又是重阳佳节，怎能不喝酒呢？看似理所当然，后两句却道出了诗人举杯的真实原因。壮志难酬，只好借酒浇愁。“平生志”在时间上具有延展性，“尽日愁”与之相对，只是一时一地之感，尚可以酒浇之，但一生一世之壮志难酬，又该如何消解？两相对比，更令人悲凉。

全诗圆融质朴，以闲话的口吻抒发了诗人壮志难酬，只有饮酒自娱的无奈心情。

背景

此诗为元和五年（810）至九年（814）间诗人于江陵所作，描写了仕途受挫，怀才不遇的感慨。

不是花中偏爱菊，此花开尽更无花

菊花

唐 · 元稹

秋丛绕舍似陶家，遍绕篱边日渐斜。
不是花中偏爱菊，此花开尽更无花。

注释

舍：居住的房子。

陶家：陶渊明的家。陶，指东晋诗人陶渊明。

遍绕：环绕一遍。

篱：篱笆。

日渐斜：太阳渐渐落山。斜，倾斜。

尽：完。

更：再。

简析

这是一首咏菊诗，诗人托物言志，表达了对菊花的喜爱之情。

“秋丛绕舍似陶家，遍绕篱边日渐斜”，诗人说他像陶渊明一样，在屋舍周围栽种下丛丛菊花，每日里绕篱赏菊，流连忘返，直到红日西斜。这两句诗把菊花之多和诗人专心赏菊之情致描写得淋漓尽致。

“不是花中偏爱菊，此花开尽更无花”，写出了诗人爱菊的原因，在深秋季节，百花都已经凋谢，只有菊花尚未凋零。这两句诗里蕴含着对菊花历尽风霜而后凋的坚贞品格的赞美，言浅情深，意蕴深邃。诗人将平凡的题材，发掘出非凡的诗意和哲理，开拓出优美的意蕴和境界，因而具有巨大的艺术感染力。

背景

此诗作于贞元十八年（802），时诗人元稹在长安。

名家点评

〔清〕冯班：夺胎换骨，宋人谬说，只是向古人集中作贼耳。冷斋称王荆公《菊花》诗“千花万卉凋零后，始见闲人把一枝”，以为胜郑都官《十日菊》，谬也。荆公诗多渗漏，上句“凋零”二字不妥，下句云“一枝”，似梅花，“闲人”二字牵凑。何如微之云“不是花中偏爱菊，此花开后更无花”（乐天深服此语），语意俱足。(《钝吟杂录》)

许　浑

许浑（约791—约858），唐代诗人，润州丹阳（今江苏丹阳）人。晚唐最具影响力的诗人之一。许浑以登临怀古见长。追抚山河陈迹，俯仰古今兴废，颇有苍凉悲慨之致。其官游、寄酬、伤逝诸作，亦时有佳句。

何处曾移菊，溪桥鹤岭东

南海使院对菊怀丁卯别墅

唐·许浑

何处曾移菊，溪桥鹤岭东。
篱疏还有艳，园小亦无丛。
日晚秋烟里，星繁晓露中。
影摇金涧水，香染玉潭风。
罢酒惭陶令，题诗答谢公。
朝来数花发，身在尉佗宫。

注释

丁卯别墅：许浑在丹阳城南丁卯桥的隐居之所。

鹤岭：即鹤山，在今广东省南部。

谢公：指南朝刘宋时期著名诗人谢灵运，性情高洁，喜爱写山水诗。

尉佗宫：南越王尉佗所居住的宫殿。

简析

许浑在晚唐诗坛衰飒、枯寂的气氛中，属于诗格比较雄健清新的诗人。这首诗的前四句写唐代的岭南尚没有得到开发，是边远蛮荒之地。诗人远在岭南的蛮荒之地，看到了盛开的菊花，不由得生发出对自己丁卯别墅的怀念。

“日晚秋烟里，星繁晓露中”，由于身处偏僻之地，诗人眼里的菊花也是稀疏寥落，在秋烟和晓露中显得单薄、清冷，令人怜惜。“罢酒惭陶令，题诗答谢公”，诗人联想起了陶渊明、谢灵运这样的名士、诗人，为自己仍为世事忙碌奔波而未能自适性灵表示惭愧。这首诗中，菊花、名士和诗人的形象相互映衬，抒发了诗人内心向往高洁、欣羡隐逸之感。

背景

这首诗是诗人在岭南幕府时所作。

名家点评

［宋］刘克庄：其诗如天孙之织，巧匠之斫，尤善用古事以发新意。（《后村诗话》）

陆龟蒙

陆龟蒙，字鲁望，号天随子、江湖散人、甫里先生，长洲（今苏州）人。曾任湖州、苏州刺史幕僚，后隐居松江甫里（今角直镇），编著有《甫里先生文集》等。陆龟蒙与皮日休交友，世称“皮陆”，其诗以写景咏物为多，是唐朝隐逸诗人的代表。

稚子书传白菊开，西成相滞未容回

忆白菊

唐 · 陆龟蒙

稚子书传白菊开，西成相滞未容回。
月明阶下窗纱薄，多少清香透入来。

注释

西成：谓秋天庄稼已熟，农事告成。
窗纱：糊在窗上的纱。

简析

这是一首咏物诗，诗人借菊花抒发思乡之情。“稚子书传白菊开”，诗人开篇指出，孩子来信说家乡的白菊已经盛开了。诗人却因为忙于农事，而无法返乡。诗题中的“忆”，不仅是指时间上的回忆，也指与家乡远隔千里，在空间上只能遥遥相忆。然而，让诗人心中充满思念和感伤的，又何止一朵菊花呢？家乡的亲朋好友，故土风情，都是心中无法磨灭的痕迹。

三、四两句，诗人用细腻的笔触和别致的视角想象着故乡的白菊。明月当空，映在石阶之前，仿佛白菊盛开。恍惚之中，诗人似乎也闻到了菊花那清幽无比的香气。这种以物喻人的手法，颇得王维“来日绮窗前，寒梅著花未”之妙。

诗人表达了思乡的感情，却不直言，而是托物思人。这种写法婉转而含蓄，使得全诗别致生动，余韵悠长。

背景

这是诗人客居异乡时于秋季所作，抒发了对家乡和亲友的思念之情。

名家点评

〔清〕黄叔灿：鲁望诗最多，时有佳句，而率笔亦甚，晚唐习气如此。(《唐诗笺注》)

朱庆馀

朱庆馀，唐代诗人，生卒年不详，名可久，以字行，越州（今浙江绍兴）人，喜老庄之道。宝历二年（826）进士，官至秘书省校书郎。诗学张籍，近体尤工，诗意清新，描写细致。内容则多写个人日常生活。

山深松翠冷，潭静菊花秋

送僧

唐·朱庆馀

客行皆有为，师去是闲游。
野望携金策，禅栖寄石楼。
山深松翠冷，潭静菊花秋。
几处题青壁，袈裟溅瀑流。

注释

有为：有所作为，有一定的目的。

金策：指禅杖。

石楼：修道的居处。

袈裟：梵文的音译，佛教僧尼的法衣。

简析

本诗为送别诗。“客行皆有为，师去是闲游”，诗开篇即赞美友人的与众不同：其他游客都是怀着一定的目的远行，唯有禅师只是随心而行，闲游山水。颔联和颈联描摹了僧人远游的具体场景：手持禅杖，于无尽原野上眺望；或是独自行至暮色将尽，便宿于石楼之上。深山中，云雾缭绕，秋色渐冷。于青翠松柏间行走，在静水流深的潭边观赏菊花。

尾联中，诗人仿佛看见了好友在遥远山间题诗的情景。山壁之上，苔痕宛然；四下静寂无声，只有鸟鸣和瀑布飞落的水声。僧人随手偶得一句，便欣然题于山壁之上，并不在意流水湿了衣角。这种天人合一，无限接近自然的旅程不仅具有诗意，更暗含着佛性禅机。

全诗都是在描述诗人脑海中想象的僧人云游四海的情景。虽为送别之作，却别有新意，并无送别之时常有的感伤，寄托了诗人的深厚情谊。

背景

本诗为朱庆馀送别友人之作，寄托了诗人的美好祝愿。

名家点评

〔清〕李怀民：庆馀无古体，律格专学水部，表里浑化，他人鲜能及者。断推上入室。（《重订中晚唐诗主客图》）

杜　牧

杜牧（803—约852），字牧之，号樊川居士，京兆万年（今陕西西安）人。杜牧因晚年居长安南樊川别墅，故后世称“杜樊川”。杜牧的诗歌以七言绝句著称，内容以咏史抒怀为主，其诗英发俊爽，多切经世之物，在晚唐成就颇高。杜牧人称“小杜”，以别于杜甫，与李商隐并称“小李杜”。

篱东菊径深，折得自孤吟

折菊

唐·杜牧

篱东菊径深，折得自孤吟。
雨中衣半湿，拥鼻自知心。

注释

孤吟：独自吟咏。

拥鼻：掩鼻。

简析

诗人开篇引用了陶渊明“东篱菊”之典，“径深”“孤吟”体现了诗人孤独寂寞的心情。然而与一般隐者不同的是，诗人是欣赏甚至于享受这种孤独的。独自立于细雨之中，湿意沾襟。然而还有随手采撷的菊花，可供吟咏。菊花可谓是诗人的知音。也许，诗意的人生无须显达于世，无须众人理解，只要一枝菊花，一抹微雨，便可得到心灵的安慰。

本诗辞气清丽、情致曲折，诗人通过咏菊，表达了他不合流俗、孤高自许的心境和情怀。

背景

本诗写于秋季，是一首咏菊之作，抒发了诗人向往隐逸、不求闻达的情怀。

名家点评

〔清〕刘熙载：其诗雄姿英发。细读杜牧，人如其诗，个性张扬，如鹤舞长空，俊朗飘逸。(《艺概》)

陶菊手自种，楚兰心有期

将赴湖州留题亭菊

唐・杜牧

陶菊手自种，楚兰心有期。
遥知渡江日，正是撷芳时。

注释

湖州：州府名，即今浙江省湖州市。

楚兰：即兰花。因战国时期楚国诗人屈原常以兰花自喻，故后世文人常称兰花为“楚兰”。

撷：采摘。

简析

诗人以菊、兰为媒介，联想到陶渊明和屈原两位诗人，抒发自己内心刚介不屈、高洁不俗的情感追求。湖州是有名的鱼米之乡，诗人来到此地任职，又能离开京城官场的是非之地，所以诗人的心情还是比较愉快的。诗的后两句“遥知渡江日，正是撷芳时”，正是这种心情的反映。

背景

大中四年（850）夏，杜牧任吏部员外郎，由于他厌恶朝廷里的党争习气，上书宰相请求外放为湖州刺史，得到了批准。这首诗写于即将赴任湖州刺史之前。

尘世难逢开口笑，菊花须插满头归

九日齐山登高

唐 · 杜牧

江涵秋影雁初飞，与客携壶上翠微。
尘世难逢开口笑，菊花须插满头归。

但将酩酊酬佳节，不用登临恨落晖。
古往今来只如此，牛山何必独沾衣。

注释

九日：旧历九月九日重阳节。

齐山：在今安徽贵池。山周二十里，上有峰峦十余座，其高相等，故名“齐山”。杜牧在武宗会昌年间曾任池州刺史。

翠微：远山的青色，这里代指齐山。

尘世：人世。

但：只有。

酩酊：形容醉得很厉害。

登临：游览山水。

恨落晖：怨恨红日西沉，有慨叹时光易逝之意。

牛山：今山东淄博市临淄区南。

简析

这是一首登山抒怀诗。诗人以生花之笔，写旷达之怀。“尘世难逢开口笑，菊花须插满头归”一联，尤为警策，是历来为世人传诵的名句。

“江涵秋影雁初飞，与客携壶上翠微”，首联直接点出时令，重阳佳节，诗人与朋友携酒登山。秋山美景，水天相映，令人心旷神怡。诗人用“涵”字来形容水天一色，用“翠微”来指代秋山美景，流露出陶醉于大自然的兴奋之情。

“尘世难逢开口笑，菊花须插满头归”，颔联写面对美景，难以抑制，不觉开口大笑，高兴地采来大把的菊花，插得满头都是。人生欢乐是不易得到的，一旦得到，就应尽情享受。诗人心中愉悦可见一斑。

“但将酩酊酬佳节，不用登临恨落晖”，颈联承接颔联，是在劝客人，又像是在劝自己。只有开怀畅饮才对得起这美好的节日。在这愉快的时刻，还有什么必要顾虑夕阳西下、人生无常呢？

“古往今来只如此，牛山何必独沾衣”，尾联笔锋一转，诗人驰骋思绪，身在齐山，思绪却飞到了牛山，联想到当年齐景公登临牛山落泪慨叹的故事。然而，诗人显然比齐景公旷达得多。他认识到人生无常之叹古今相似，感受也相近。既非今人才有此叹，哪里用得着伤怀落泪呢？

全诗风格既爽利俊健，又含思凄恻，读来颇觉顿挫跌宕，风神摇曳。

背景

唐会昌五年（845），杜牧的朋友张祜来池州拜访杜牧，两人登山共度重阳。张祜由于受到当政者排挤，终不见用，流浪各地，杜牧安慰友人，故作此诗。

名家点评

〔元〕方回：此以“尘世”对“菊花”，开合抑扬，殊无斧凿痕，又变体之俊者。后人得其法，则诗如禅家散圣矣。（《瀛奎律髓》）

〔清〕沈德潜：末二句影切齐山，非泛然下笔。（《唐诗别裁》）

赵 嘏

赵嘏（约806—约853），字承祐，楚州山阳（今江苏淮安）人，唐代诗人。其诗以七律为佳，清圆熟练，时有警句，耐人寻味。

江边松菊荒应尽，八月长安夜正长

宿楚国寺有怀

唐·赵嘏

风动衰荷寂寞香，断烟残月共苍苍。
寒生晚寺波摇壁，红堕疏林叶满床。
起雁似惊南浦棹，阴云欲护北楼霜。
江边松菊荒应尽，八月长安夜正长。

注释

楚国寺：据《酉阳杂俎》记载，寺在长安晋昌坊。寺内有楚哀王等金身铜像。

南浦：在古诗词中，南浦通常指水边的送别之所。

江边：曲江边。曲江在长安城东南。

简析

首联中，诗人一连用“衰荷”“断烟”“残月”三个意象奠定了全诗凄清寂寥的基调。深秋时节，荷花已近衰败，纵有香气，也是寂寞的；纵有月色，也是清冷的。当此情景，诗人居于寺中，独对红叶飘零，水波的涟漪映在墙壁之上，怎能不秋思满怀，悲凉陡生？

颈联中的“南浦”和“北楼”，都是送别诗中常用的意象。然而本诗并非为送别而作。诗人要与谁告别呢？诗题的“楚国寺”中，有楚哀王的金身铜像。楚哀王空负报国之志，即位两月余便死于非命。而诗人从年轻时起，便读万卷书，行万里路，胸怀壮志，追求功名。但大好年华渐渐流逝，诗人的努力却仍然是徒劳。此处流露出来的离愁别绪，也有诗人向自己年轻时的雄心壮志告别之意。

故此，诗人想起了家乡的松菊。松树与菊花均品性高洁，诗人以此自喻，“荒应尽”三字抒发了一种疲倦寂寥的心情。然而辗转反侧，不能成眠，诗人不由感叹“夜正长”，满怀无奈至此作结。

背景

本诗为作者客居楚国寺时所作，抒发了诗人漂泊半生、悲秋感怀的寂寥心情。

名家点评

〔明〕许学夷：赵嘏七言律……声皆浏亮，语皆俊逸，亦晚唐一家。(《诗源辩体》)

王禹偁

王禹偁（954—1001），字元之，济州钜野（今山东省巨野县）人。北宋诗人、散文家、史学家。太平兴国八年进士，历任右拾遗、左司谏、知制诰、翰林学士。敢于直言讽谏，因此屡受贬谪。王禹偁为北宋诗文革新运动的先驱，文崇韩愈、柳宗元，诗学杜甫、白居易，多反映社会现实，语言平易流畅，风格简雅古淡。

篱暗蛩啼菊，园荒蚁上茄

秋居幽兴

宋·王禹偁

秋光虽寂澹，幽兴入诗家。
篱暗蛩啼菊，园荒蚁上茄。
围棋知日影，理发见霜华。
向晓儿童喜，溪僧遗晚瓜。

注释

螿：蝉的一种。

霜华：即霜。

简析

本诗描写了秋季乡居的安宁景象。“自古逢秋悲寂寥”，秋虽有惨淡寂寥之意，却勾起了诗人幽远的兴致。“篱暗螿啼菊，园荒蚁上茄”，写乡村特有的景色。暮色渐深，园中的篱笆也逐渐暗淡，仍能听见菊花丛中的寒蝉鸣叫。收获后的小园已是一片荒芜，蚂蚁悄悄爬上了经霜的蔬果。

“围棋知日影，理发见霜华”，诗人与好友对坐弈棋，日影在棋盘之上缓慢移动，人却已经忘了时光流逝。直到鬓边有霜花渐凝，方才醒悟已是深夜。这种物我两忘、淡泊安然的情境令人神往。

“向晚儿童喜，溪僧遗晚瓜”，尾联之中，诗人满怀慈爱地想起了家中的孩童，想必明日拂晓，孩子们都会欣喜万分——因为来访的友人赠送了晚熟的瓜果。这种乡间耕读而有知音往来的生活，想必是无数高人隐士追求的目标吧。

全诗娓娓道来，清淡却不显乏味，由景及人，生动地描绘了一幅平静喜乐的乡居画卷。

背景

本诗为诗人在乡间生活时所作，抒发了在闲适生活中安然满足的心情。

回头问黄菊，寂寞与谁开

八绝诗·清风亭

宋·王禹偁

兹亭废已久，厥趾犹在哉。
清风为我起，疑有精灵来。
神交念宫相，临砌倾一杯。
回头问黄菊，寂寞与谁开。

注释

神交：谓心意投合。

宫相：官名。唐代东宫设詹事府，统理政务，辅佐太子，又设左右二春坊，掌管各局。对詹事府的长官和春坊的长官均称为“宫相”。

简析

本诗是一首怀人之作。题目中的“八绝”指滁州琅琊山的八处胜景，其中，诗人游览的清风亭是唐朝陇西李幼卿所建。时移世易，诗人前来游览时，这座清风亭已然只有遗迹存留。

“清风为我起，疑有精灵来”，诗人独自在残垣之间徘徊，山中清风徐来，仿佛是曾居此地之人前来相邀。这是一种极富浪漫主义的想象，也是诗人的自我安慰。在琅琊山间，曾有高人文士相聚于此，百年之后，诗人是否真的能够听到他们的回音呢？诗人在恍惚之中，不由得满斟美酒，洒于阶上，以此遥祭英魂。

面对历史，诗人怅然若失。他只能对独自盛放的菊花发问：在此寂寞山间，谁能伴你盛开呢？看似在问菊花，其实也是在询问自己。立身世间的孤寂艰难，难道只有面对古人和遗迹，才能得到安慰吗？

背景

本诗写于滁州琅琊山，是诗人凭吊古迹，感怀先人之作。

名家点评

〔宋〕许顗：本朝王元之诗可重，大抵语迫切而意雍容……大类乐天也。(《彦周诗话》)

晏 殊

晏殊（991—1055），字同叔，抚州临川人。北宋著名文学家、政治家。晏殊能诗、善词，文章典丽，书法皆工，而以词最为突出，有“宰相词人”之称。他的词，风格含蓄婉丽，吸收了南唐“花间派”和冯延巳的典雅流丽词风，开创北宋婉约词风，被称为“北宋倚声家之初祖”。

槛菊愁烟兰泣露

蝶恋花·槛菊愁烟兰泣露

宋·晏殊

槛菊愁烟兰泣露，罗幕轻寒，燕子双飞去。明月不谙离恨苦，斜光到晓穿朱户。

昨夜西风凋碧树，独上高楼，望尽天涯路。欲寄彩笺兼尺素，山长水阔知何处。

注释

槛菊：槛栏内种的菊花。

罗幕：丝罗的帐幕。

朱户：古时富贵显赫的人家大门涂以朱红色，称为朱户或朱门。

彩笺：印有彩色图案的信笺。

尺素：一尺长的绢布，常用来书写，诗中代指书信。

简析

晏殊诗词多为伤情之作，然情深不滥，彰显出精巧雅致的情思，迂回婉转，动人心魄。所写《蝶恋花》一词，开篇以营造情景为主，在菊花蒙烟、兰花吐露中寄托了愁思与哀伤。

“罗幕轻寒，燕子双飞去”，天气转冷，燕子从门庭飞走。“轻寒”，不只是生理上感到初秋的轻寒，而且心理上也荡漾着因孤单而引起的寒意。燕的双飞，更反托出人的孤独。这两句纯写客观物象，表情委婉含蓄。“明月不谙离恨苦，斜光到晓穿朱户”，虽身在朱门大户，但夜晚依旧漫长难熬，明月不解离人的孤独心境，月光一夜斜照门庭，显得更加清冷孤寂。清冷的景致下是离人哀伤的心绪。

“昨夜西风凋碧树，独上高楼，望尽天涯路”，树叶零落，独身在高楼上远远相望，等待无尽无止。这三句尽管包含望而不见的感伤情绪，但感情是悲壮的，没有纤柔颓靡的气息；语言也洗净铅华，纯用白描。这三句是此词中流传千古的佳句。高楼骋望，不见所思，因而想到音书寄远：“欲寄彩笺兼尺素，山长水阔知何处！”“山长水阔”和“望尽天涯”相应，再一次展示了令人神往的境界，而“知何处”的慨叹则更增加摇曳不尽的情致。

背景

此诗为宋代著名“宰相词人”晏殊的作品，晏殊诗词以清丽婉约见长，此词为其代表作之一，广为吟诵。

名家点评

〔清〕陈廷焯：缠绵悱恻，雅近正中。(《词则》)

〔近代〕王国维：古今之成大事业、大学问者，必经过三种之境界。晏同叔之“昨夜西风凋碧树，独上高楼，望尽天涯路”，此第一境也。“衣带渐宽终不悔，为伊消得人憔悴”，此第二境也。“众里寻他千百度，回头蓦见，那人正在，灯火阑珊处”，此第三境也。此等语皆非大词人不能道。(《人间词话》)

金菊满丛珠颗细，海燕辞巢翅羽轻

破阵子·湖上西风斜日

宋·晏殊

湖上西风斜日，荷花落尽红英。金菊满丛珠颗细，海燕辞巢翅羽轻，年年岁岁情。

美酒一杯新熟，高歌数阕堪听。不向尊前同一醉，可奈光阴似水声，迢迢去未停。

注释

红英：红色的花朵。

辞：离别，离开。

新熟：指酒刚刚酿成。

迢迢：遥远状。

简析

这首词描写了诗人对时光流逝的无奈之情。“湖上西风斜日，荷花落尽红英”，以西风斜照、落花之景开篇，寓情于景，奠定了全词哀感的基调。“金菊满丛珠颗细，海燕辞巢翅羽轻”，写秋日菊花盛开，金色花瓣纤细动人；燕子南归，羽翼遥远轻盈。这些都是秋日特有之景象。“年年岁岁情”通过描写时序更替的必然与重复，将对岁月流转的感慨更推进一层。

下半阕情绪又转洒脱，借助于“美酒”和“高歌”，词人希望在人生无常之境，仍能寻得安慰，体现了及时行乐的通透心怀。“不向尊前同一醉”似在向他人倾诉，实际上也是词人自己的内心独白。可以看出，词人在“可奈光阴似水声”的伤感之中，仍然保有安于现实、面对现实、享受现实的达观心态。

全词哀而不伤，语言清丽婉约，借生命流逝之表征描摹人生中可期之意趣，体现了词人纤细敏感又不失豁达的人生态度。

背景

这首词写于重阳秋宴，表达了词人有感于人生苦短、世事无常，意图及时行乐的心态。

求得人间成小会，试把金尊傍菊丛

破阵子·燕子欲归时节

宋·晏殊

燕子欲归时节，高楼昨夜西风。求得人间成小会，试把金尊傍菊丛。歌长粉面红。

斜日更穿帘幕，微凉渐入梧桐。多少襟怀言不尽，写向蛮笺曲调中。此情千万重。

注释

破阵子：词牌名，又名《十拍子》。此调双调六十二字，前后段各五句三平韵。

西风：秋风。

金尊：金色的酒器。尊：亦做“樽”，中国古代的盛酒器具。

襟怀：情怀。

蛮笺：即蜀笺，唐代的蜀地所出产的一种笺纸。

简析

这首词是惜别、思念之作。全篇以歌姬视角叙事，开篇“燕子欲归时节，高楼昨夜西风”点出了时序变迁，虽无直接描写，却隐约勾画出一位独自凭栏的女子形象。燕子欲归而未归，也是歌姬思念心中之人，求而不得之意。好在，歌姬终能与意中人相会。“求得人间成小会，试把金尊傍菊丛”，一个“求”字点出了重逢不易，更衬托出持酒赏菊，清歌缓唱的安宁美好。“粉面红”三字，生动地描写了女子的娇羞神态。

上阕由离至聚，下阕则由聚而分别。夕阳渐斜，夜风已至。帘幕、梧桐本是情致缠绵之喻，此刻读来却更觉凄清。纵使有情人难分难舍，仍是到了分别之际。千言万语来不及诉说，只能“写向蛮笺曲调中”。千叮万嘱，期盼即将离去之人能珍重自己的情意，再会之时，还能重温旧梦。

全词以女子视角切入，描绘了一幅寂寥惜别的场景，抒发了诗人忧伤的情怀。

背景

这首词是晏殊家道落寞时所作。他看到歌女的酸楚，联想到自己的落魄，遂作此词以表达内心的痛苦。

名家点评

〔清〕刘熙载：冯延巳词，晏同叔得其俊，欧阳永叔得其深。(《艺概》)

梅尧臣

梅尧臣（1002—1060），字圣俞，世称宛陵先生，宣州宣城（今安徽省宣城市）人。梅尧臣皇祐三年（1051）始得宋仁宗召试，赐同进士出身，为太常博士。以欧阳修荐，为国子监直讲，累迁尚书都官员外郎，故世称“梅直讲”“梅都官”。梅尧臣少即能诗，与苏舜钦齐名，时号“苏梅”，又与欧阳修并称“欧梅”。为诗主张写实，反对西昆体，所作力求平淡、含蓄，被誉为宋诗的“开山祖师”。

高轩盛丛菊，可以泛绿樽

秋香亭

宋 · 梅尧臣

高轩盛丛菊，可以泛绿樽。
余甘自同荠，忘忧宁用萱。
有木皆剥实，何草不陈根。
独此冒霜艳，芬郁满中园。

注释

高轩：堂左右有窗的高敞的长廊。

绿樽：亦作“绿尊”，酒杯。

陈根：逾年的宿草。

简析

本诗是梅尧臣和友人之韵所作，诗中对菊花不吝赞美之词。开篇写出高轩之上，菊花盛开，诗人心情闲适，以花瓣撒于酒中。菊花入酒，本是历朝皆有之风俗，诗人却忽然发问：菊花回味甘甜，却可以为荸荠取代；而说到使人忘忧，却又为何不用萱草呢？这样看来，菊花也并非独一无二之物。然而接下来的诗句之中，诗人给出了答案：“独此冒霜艳，芬郁满中园。”时序变换，万物凋零。所有的树木在秋季都要落尽枝叶，结出果实。园中芳菲，也要一年一度化为枯草。只有菊花不畏寒冷，迎霜盛开，其清雅芬芳，满萦小园。这才是自古以来文人墨客独爱菊花的缘由，也是诗人饮酒之余，也不忘送上赞美的原因。

本诗用新奇的角度描写了菊花的高洁之姿，也含蓄地表达了诗人清高自许，不随流俗的心怀。

背景

本诗为诗人与好友同游秋香亭时所作，表达了对菊花的喜爱之情，也反映了诗人的高洁品格。

白露夜正霏，黄菊寒更发

舟上采菊

宋·梅尧臣

泯泯平慢流，行当季秋月。
演漾过汀洲，汀洲芳杜歇。
白露夜正霏，黄菊寒更发。
采以泛酒卮，不独映华发。

注释

泯泯：似清非清的样子。

季秋：秋季的末尾。

演漾：形容水波荡漾。

汀洲：指水中小洲。

霏：雾气很大。

简析

本诗描写了诗人泛舟采菊的情景。“泯泯平慢流，行当季秋月”，开篇描述波光平缓，冷月无声的闲淡景象，奠定了全诗基调。然而，风清月明的景色并没有让诗人驻足，他乘着微微摇晃的小舟，在汀洲之旁踟蹰，似在思索，又似在寻觅。“芳杜歇”让人想起屈原的《楚辞》：“采芳洲之杜若，将以遗兮下女。时不可兮再得，聊逍遥兮容与。”诗人化用香草美人之典，若有深意。白露降于秋夜，寒气侵衣。诗人不免茫然四顾，心下感慨。“黄菊寒更发”，不但是描写菊花不畏严寒的凌霜之姿，更有自许之意。

“采以泛酒卮”，诗人自言，采摘菊花，不只是为了插于头上，更是为了泛于流觞，任其漂流，引出一幅寂寞却不失情致的景象。然而全诗至此，戛然作结，给读者留下了无尽的想象空间。

本诗诗意含蓄蕴藉，哀而不伤，平缓如月下流水，余韵悠长。

背景

诗人梅尧臣与其妻谢氏感情甚笃。庆历四年（1044），诗人与妻子乘船返回汴京，行到高邮三沟处，妻子谢氏卒于舟中。故而诗人乘舟夜游，乃是悼念亡妻之举，欲采菊泛觞，祭奠亡魂。

名家点评

〔明〕胡应麟：梅诗和平简远，淡而不枯，丽而有则，实为宋人之冠。(《诗薮·外编》)

欧阳修

欧阳修（1007—1072），字永叔，号醉翁，晚号六一居士，吉州永丰（今江西吉安永丰县）人，北宋政治家、文学家。欧阳修是在宋代文学史上最早开创一代文风的文坛领袖。他领导了北宋诗文革新运动，继承并发展了韩愈的古文理论。其诗议论、叙事、抒情融为一体，语言清新流畅，风格流丽婉转。

西风酒旗市，细雨菊花天

秋怀

宋・欧阳修

节物岂不好，秋怀何黯然。
西风酒旗市，细雨菊花天。
感事悲双鬓，包羞食万钱。
鹿车终自驾，归去颍东田。

注释

秋怀：秋日的思绪情怀。

节物：节令风物。

酒旗：酒店悬挂于路边用于招揽生意的锦旗。

包羞：对所做事感到耻辱不安。

鹿车：佛家所谓“三车”之一，小乘如羊车，中乘如鹿车，大乘如牛车。此处借指归隐山林。

简析

这是一首五言律诗，诗人借景抒情，抒发了心系国事又向往归隐田园生活的复杂情感。

“节物岂不好，秋怀何黯然”，首句反问，诗人自问：谁说秋天的节令不好呢？我为什么还这么黯然神伤？“西风酒旗市，细雨菊花天”，颔联转笔描写秋天的景色。将“西风”“酒旗”“细雨”“菊花”这几个名词连缀在一起，使用纯白描手法，不着一个动词，却写出了西风里酒旗招展、细雨中菊花盛开的动态景象。这两句以乐景写哀情，照应首联“节物岂不好”，从反面衬托突出了诗人心情的“黯然”。“感事悲双鬓，包羞食万钱”，诗人的双鬓渐渐灰白，想到自己未能建功立业，白白浪费朝廷的俸禄，不禁感到耻辱不安。“鹿车终自驾，归去颍东田”，诗人慨叹什么时候才能挽着鹿车，归去颍东，耕植农田。全诗透露出作者想要归隐的心绪。

背景

此诗为英宗治平二年（1065）在汴京所作，是欧阳修在这一时期所作的一系列“思颍诗”中的一篇，表现了诗人关心国事，却又向往归隐生活的复杂情绪。

谁栽金菊丛相近，织出新番蜀锦窠

木芙蓉

宋·欧阳修

种处雪消春始动，开时霜落雁初过。
谁栽金菊丛相近，织出新番蜀锦窠。

注释

金菊：指黄色的菊花。

蜀锦：原指四川生产的彩锦。后亦为织法似蜀的各地所产之锦的通称。多用染色熟丝织成，色彩鲜艳，质地坚韧。

简析

这首七言绝句是欧阳修咏木芙蓉之作。木芙蓉开放于秋季，与菊花属同一时节，多于春季栽培。故诗人说“种处雪消春始动，开时霜落雁初过”，从春到秋，都与木芙蓉相伴，也表达了诗人对它的喜爱。

“谁栽金菊丛相近，织出新番蜀锦窠”写出了菊花与木芙蓉邻近，而同时盛放的灿烂景象。蜀锦以纹理鲜明、颜色辉煌闻名，诗人以此比喻繁花盛开之景，可谓别出机杼，生动地将明丽花丛展现在读者的面前。

本诗清新可喜，流畅自然，描摹盛景而不事雕琢，继承了诗人一贯清正含蓄的语言风格。

背景

本诗是诗人在秋季木芙蓉、菊花盛开之时所作，抒发了对繁花盛开的赞叹之情。

名家点评

〔清〕王士祯：宋承唐季衰陋之后，至欧阳文忠公始拔流俗，七言长句高处直追昌黎。(《带经堂诗话》)

王安石

王安石（1021—1086），字介甫，号半山，临川人，北宋著名思想家、政治家、文学家。其诗“学杜得其瘦硬”，重炼意和修辞，擅长说理与修辞。晚年诗风含蓄深沉、深婉不迫，以雅丽精绝的风格在北宋诗坛自成一家，世称“王荆公体”。

幽菊尚可泛，取鱼系榆条

招同官游东园

宋 · 王安石

青青石上柏，霜至亦已凋。
冉冉水中蒲，尔生信无聊。
感此岁云晚，欲欢念谁邀。
嘉我二三子，为回东城镳。
幽菊尚可泛，取鱼系榆条。
毋为百年忧，一日以逍遥。

注释

冉冉：柔弱下垂貌。

镳：本义马嚼子，指马口中所衔铁具露出在外的两头部分。

简析

本诗记叙了诗人秋日游园的场景。“青青石上柏”两句颇有《古诗十九首》韵味。石间的柏树，曾经青翠欲滴，却在秋日的寒霜下凋残了。而水中的蒲草尚且柔乱纷垂，其散乱柔弱，就如同无所依凭的人生一般。读来似乎有些悲观，但是想到诗人多年来陷于政坛纷争，波谲云诡，这种感慨似乎也可以理解了。

值此秋节，一年将尽。诗人动了游兴，却不知与谁同往。好在还有二三友人，可以一同策马东城。“幽菊尚可泛，取鱼系榆条”，菊花尚在开放，可以拿来泛酒；垂钓潭中，有所收获便随意折下榆树枝条，将鱼儿系于其上。在这安然悠闲的游玩场景中，诗人的心怀也渐渐开阔。诗人王安石为人清简雅正，并不常为此燕饮欢聚之事。偶一为之，竟能放开怀抱，发出“毋为百年忧，一日以逍遥”的感慨。“人生不满百，常怀千岁忧”，这本是一种负担极重的生活状态，然而在这一天，诗人似乎找回了自由和随性，这大约与舒州淳朴的民风有关。

背景

本诗是王安石在舒州任职时所作，记述了他与同僚游园玩乐的情景。

名家点评

〔宋〕张舜民：王介甫如空中之音，相中之色，欲有寻绎，不可得矣。(《宾退录》)

苏 轼

苏轼（1037—1101），字子瞻，号东坡居士，眉州眉山（今属四川眉山）人，祖籍河北栾城，北宋文学家、书法家、画家。苏轼是北宋中期的文坛领袖，在诗、词、散文、书、画等方面取得了很高的成就。其诗题材广阔，清新豪健，善用夸张比喻，独具风格，与黄庭坚并称“苏黄”；其词开豪放一派，与辛弃疾同是豪放派代表，并称“苏辛”；其文纵横恣肆，气势雄放。

菊暗荷枯一夜霜

浣溪沙·咏橘

宋·苏轼

菊暗荷枯一夜霜。新苞绿叶照林光。竹篱茅舍出青黄。
香雾噀人惊半破，清泉流齿怯初尝。吴姬三日手犹香。

注释

浣溪沙：唐代教坊曲名，后用为词牌名。分平仄两体，双调，上片三句全用韵，下片末二句用韵。

一夜霜：橘经霜之后，颜色开始变黄而味道也更美。

新苞：指新橘。

青黄：指橘子，橘子成熟时，果皮由青色逐渐变成金黄色。

噀（xùn）：喷。

半破：指刚刚剥开橘皮。

清泉：喻橘汁。

吴姬：吴地美女。

简析

这是一首咏物词。词的上阕咏橘林之新景。“菊暗荷枯一夜霜”，以“菊暗荷枯”反衬“橘黄叶绿、香雾溅人、橘汁酸凉”，突出强调橘的生机与味美。“竹篱茅舍出青黄”，点明了橘子生长的环境。竹篱茅舍，掩映于青黄相间的橘林之中，可见橘树生长之盛，环境之美。

下阕咏橘子的香味和美好品质。剥开橘皮，芳香的油腺如雾般喷溅；初尝新橘，汁水在齿舌间如泉般流淌。“惊”“怯”二字，活画出女子尝橘时的娇态。惊，是惊于橘皮迸裂时香雾溅人；怯，是怯于橘汁的凉冷和酸味。末句点出“吴姬”，实际也点明新橘的产地。吴中产橘，尤以太湖中东西两洞庭山所产者为最著，洞庭橘在唐宋时为贡物。词中谓“三日手犹香”，着意夸张。以此作结，余音不绝。

背景

这首词作于宋神宗元丰五年（1082）十二月，作者品尝香橘有感而作此词。

短日明枫缬，清霜暗菊球

南歌子·见说东园好

宋·苏轼

见说东园好，能消北客愁。虽非吾土且登楼。行尽江南南岸、此淹留。

短日明枫缬，清霜暗菊球。流年回首付东流。凭仗挽回潘鬓、莫教秋。

注释

南歌子：词牌名，唐教坊曲。又名《南柯子》《风蝶令》等。有单调、双调两体。双调又有平韵、仄韵两体。宋人多用平韵体，此词用平韵体。

见说：见了后才说，这里指亲身感受。

东园：江苏仪真风景园林，原为州之监军废营。龙图阁直学士施正臣、侍御史许子春、监察御史马仲涂建造成为暇日游园。

北客：苏轼自谓。因仪真在宋都开封之南，故自称“北客”。

吾土：故乡，故地。

行尽：游遍，游完。

淹留：逗留。

短日：冬至后，白昼一天天地短起来。

缬（xié）：染有彩纹的丝织品。

流年：光阴。

付东流：付给东流水一去不复返了。

挽回潘鬓：留住潘岳那样的鬓发。

莫教秋：不要让它像秋景那样衰败。

简析

词的上阕咏东园的迷人风光。“见说”，点明非“听说”，是亲身感受。“虽非吾土且登楼”，写百闻不如一见，东园风光实属迷人。诗人虽然不是本地人，但一“登楼”，纵观全景，气象万千，顿觉豁然开朗，令人神往。“行尽江南南岸、此淹留”，写美景令诗人流连忘返。

下阕特写眼前事物，感叹人生短暂。“短日明枫缬，清霜暗菊球”，点明了时令。“枫”和“菊”都是秋季特有的景物。“流年回首付东流”，表现了诗人感慨时光飞逝而壮志难酬的愁闷。“凭仗挽回潘鬓、莫教秋”，是诗人的自我安慰，希望凭借东园的美好景色，为内心增添愉悦。

全词借景抒情，诗人借东园美好迷人的风光，消解积郁多年的愁闷。

背景

宋神宗元丰七年（1084）秋，苏轼陪伴王胜之到了仪真，同时拜访了真州太守袁陟，寄居于学官，该词是三人同游东园时所作。

名家点评

〔宋〕晁补之：苏东坡词，人谓多不谐音律。然居士词横放杰出，自是曲子中缚不住者。(《苕溪渔隐丛话》)

鬐重不嫌黄菊满，手香新喜绿橙搓

次韵苏伯固主簿重九

宋·苏轼

云间朱袖拂云和，知是长松挂女萝。
鬐重不嫌黄菊满，手香新喜绿橙搓。
墨翻衫袖吾方醉，纸落云烟子患多。
只有黄鸡与白日，玲珑应识使君歌。

注释

云和：指琴瑟等乐器。

女萝：又名松萝，是一种地衣类植物，全体为无数细枝，状如线，长数尺，靠依附他物生长。

衫袖：泛指衣袖。

简析

这是一首唱和诗。首联描写了歌女优美委婉的姿态和悦耳的乐曲声，朱袖抚琴之姿犹如丝萝托乔木般柔美动人。颔联以“黄菊”“绿橙”点明了时令，鬐间插菊是重阳节时特有的习俗。“手香新喜绿橙搓”，唐宋时期，有用橙皮搓手以使肌肤润泽的风俗。

“墨翻衫袖吾方醉，纸落云烟子患多”，颈联巧妙地化用前人典故，写出了诗人醉酒之后潇洒狂放的姿态。在佳人抚琴声中与好友共饮，本为欢乐之景，但尾联中“只有黄鸡与白日”，以黄鸡催促破晓，白日催促年光流逝，表达了伤情时逝之意。尾联用了白居易《醉歌》中的“黄鸡白日”和“玲珑”二典，

“玲珑”为白居易诗中描写的歌姬，末句不仅是诗人以白乐天自比，也存有称赞友人知音之意。

背景

本诗为苏轼赠予友人苏伯谷之作，描写了重阳席间，欢歌共饮的欢畅景象。

荷尽已无擎雨盖，菊残犹有傲霜枝

赠刘景文

宋·苏轼

荷尽已无擎雨盖，菊残犹有傲霜枝。
一年好景君须记，正是橙黄橘绿时。

注释

刘景文：刘季孙，字景文，工诗，时任两浙兵马都监，驻杭州。苏轼视他为国士，曾上表推荐，并以诗歌唱酬往来。

荷尽：荷花枯萎，残败凋谢。

擎：举，向上托。

雨盖：旧称雨伞，诗中比喻荷叶舒展的样子。

菊残：菊花凋谢。

犹：仍然。

傲霜：不怕霜冻寒冷，坚强不屈。

君：原指古代君王，后泛指对男子的敬称，您。

须记：一定要记住。

橙黄橘绿时：指橙子发黄、橘子将黄犹绿的时候，指秋末冬初。

简析

此诗是苏轼送给好友刘景文的一首勉励诗。

“荷尽已无擎雨盖，菊残犹有傲霜枝”，描绘出了秋末初冬的景象，荷花已经残败凋谢，荷叶再无之前亭亭玉立的姿态，只有开败的菊花还傲寒斗霜。在对比“荷花、荷叶”和“菊花”中，更显菊花傲寒斗霜的形象。这两句融写景、咏物、赞人于一体，诗人借物喻人，赞颂了刘景文的品格和节操。“一年好景君须记，正是橙黄橘绿时”，诗人在此联提醒刘景文，不要以为一年的好景即将过去，最美好的景色正是在橙子发黄、橘子将黄犹绿的时候，也即是此时。

诗人想要友人明白的是虽然人到壮年，青春已逝去，但是一定要乐观向上，不要妄自菲薄。全诗对仗工整，清丽隽永，立意深刻。

背景

此诗是苏轼于宋哲宗元祐五年（1090）任杭州知州时所作。苏轼在杭州见刘景文时，刘景文已58岁。经苏轼向朝廷竭力保举，刘景文才得到小小升迁。苏轼感慨刘景文的人生坎坷遭遇，作此诗。

名家点评

〔清〕王士祯：汉魏以来，二千余年间，从诗名其家者众矣。顾所号为仙才者，唯曹子建、李太白、苏子瞻三人而已。（《带经堂诗话》）

晏几道

晏几道（1038—1110），北宋著名词人。字叔原，号小山，抚州临川文港沙河（今属江西南昌进贤县）人。性孤傲，中年家境中落。与其父晏殊合称“二晏”。词风似父而造诣过之。工于言情，其小令语言清丽，感情深挚，尤负盛名。多写爱情生活，是婉约派的重要代表人物。有《小山词》留世。

金菊开时，已近重阳宴

蝶恋花·庭院碧苔红叶遍

宋·晏几道

庭院碧苔红叶遍。金菊开时，已近重阳宴。日日露荷凋绿扇。粉塘烟水澄如练。

试倚凉风醒酒面。雁字来时，恰向层楼见。几点护霜云影转。谁家芦管吹秋怨。

注释

绿扇：指荷叶。

粉塘：荷塘，因荷花多为粉红色，故称粉塘。

酒面：醉颜。

雁字：雁飞成行，似字形，故称“雁字”。

护霜云：秋冬季节，天空时常出现一种阴云，初似鲤鱼斑，愈积愈浓而终无雨雪，谓之护霜云。

芦管：芦笳，古代乐器，以芦叶为管，声音哀切。

简析

这首词抒发秋怨及怀人之情。上阕以景开篇，庭院之中，苔痕苍翠，红叶似火。映衬着菊花开放，其色如金，色彩丰富而鲜明，生动地描写了斑斓秋色。池塘中带露的荷花、如扇的荷叶已经日渐凋零，唯余池水，澄静如白练，映衬着一带粉墙。不仅写出了秋日特有的景致，更传递出一种萧条清冷之感，为下阕的愁绪做出了铺垫。

下阕之中，词人仍旧委婉含蓄地表达着自己的情感。“试倚凉风醒酒面”，词人独对秋景，借酒消愁，已是醉意昏沉。凉风习习，吹散了些许酒意，抬眼却见楼畔大雁南归，不免更动情肠。古往今来，“雁”都是一个与相思有着深刻联系的意象。然而在此处，词人却赋予它更深一层的含义——大雁尚有归处，而词人孑然一身，流落于世，又能在何处安身呢？酒尚未干，云影流转，暮色四合，远处却又传来凄凉哀怨的笛声，怎能不使人愈发产生秋怨的情绪呢？景中含情，情移于景。在情景的交相融合中，词人含蓄地抒发悲秋之情。

背景

这首词写于秋季，词人借由对深深庭院中秋景的描写，抒发了孤单清冷的愁绪。

名家点评

〔清〕陈廷焯：出语必雅。北宋绝词，自以小山为冠，耆卿、少游皆不及也。(《词则·闲情集》)

〔清〕黄苏：按前面平平叙来，至末二句引入深处，几有“北风其凉”之思矣。云而曰护霜，写得凛栗，此芦管之所以愁怨也。(《蓼园词评》)

年光还少味，开残槛菊，落尽溪桐

满庭芳·南苑吹花

宋·晏几道

南苑吹花，西楼题叶，故园欢事重重。凭阑秋思，闲记旧相逢。几处歌云梦雨，可怜便、汉水西东。别来久，浅情未有，锦字系征鸿。

年光还少味，开残槛菊，落尽溪桐。漫留得，尊前淡月西风。此恨谁堪共说？清愁付、绿酒杯中。佳期在，归时待把，香袖看啼红。

注释

歌云梦雨：旧时把男女欢情称作云雨情，歌云梦雨即在歌中梦中重温云雨情。

锦字：用锦织成的文字。此指情人的书信。

征鸿：远飞的大雁。古时有“鸿雁传书”之说。

年光：时光。

绿酒：古时的酒（米酒）新酿成未过滤时，酒面上浮着淡绿色的米渣，故称。

啼红：指红泪，即美人之泪。此处借喻相思之苦。

简析

这是一首思念离人的小词。上阕以“故园欢事”开篇，对仗工整，给人以空间上的无尽想象。深秋时节，词人独自凭栏远望，不由得回忆起过往的欢乐时光，“几处歌云梦雨”，情致缠绵已极。接着，词锋一转，由过往想到现在，曾经欢聚之人此时都如流水一般，各奔东西，不仅如此，还“浅情未有”，久别之后，连音书也渐渐不通了。

如此境况，怎能不让词人自觉“年光还少味”？视线所及，尽是菊花残败，梧桐叶落。曾经的“几处歌云梦雨”，现在只留下“尊前淡月西风”。风是萧瑟秋风，月是凄清淡月。词人满腔愁绪无人可诉，只好借酒消愁，将寂寥之意尽付杯中。好在，词人还有一丝希望，可以期待佳期重来，与离人重逢时，再把今日之相思细诉。

全词由景及情，描写层次丰富，婉约隽永，情感真挚，余韵无穷。

背景

本词作于深秋之际，词人抒发了自己在无常世事中的寂寥心情。

名家点评

〔清〕陈廷焯：柔情蜜意。（《词则·闲情集》）

苏 辙

苏辙（1039—1112），字子由，一字同叔，晚号颍滨遗老，眉州眉山（今属四川）人，“唐宋八大家”之一。苏辙与父亲苏洵、兄长苏轼齐名，合称“三苏”。其诗力图追步苏轼，风格淳朴无华。

菊细初藏蝶，桐疏不庇鸦

次韵李简夫秋园

宋 · 苏辙

秋色岂相负，小园仍有花。
绕栏吟落日，拾径得残葩。
菊细初藏蝶，桐疏不庇鸦。
游观须作意，霜雪仅留槎。

注释

李简夫：宋代诗人。

残葩：残花。

游观：游览。

槎：树木的枝丫。

简析

首联点明了时节，诗人没有描写秋日的寂寥景象，而是用“小园仍有花”表现出了一种不期而遇的喜悦心情。绕过围栏，虽然日已西沉，美景仍然可供吟咏。小径之上有花瓣飘落，更增添了几分诗意。由此可见，秋天并不总是残败悲凉的，如果有好友陪伴，一同游览，再寂寥的景色中也蕴藏着美好。

颈联描写了菊花初放，花瓣尚未完全展开，蝴蝶的身影若隐若现。而园中梧桐，其叶早已落尽，曾经能隐藏在绿荫中的飞鸟已经失去了庇护。借由动物来进行侧面描写，虽非新颖的写法，却精巧准确地表现了秋日的景观。与友人一同游园，自然要尽兴而归，“霜雪仅留槎”一句，也体现了诗人的乐观心情。冰冷的霜雪只能留在树枝之上，何曾能够沾染我们的心呢？

全诗清新自然，情致生动，情景交融，描绘了好友相聚的喜乐之情。

背景

这首五言律诗是苏辙为好友李简夫所作，描写了秋日游园的情景。

名家点评

〔元〕方回：子由诗静淡有味，不拘字面事料之丽，而锻意深，下句熟。(《瀛奎律髓》)

〔清〕贺裳：栾城身份气概总不如兄，然潇洒俊逸，于雄豪英发中兼有醇醪饮人之致。虽亦远于唐音，实宋诗之可喜者也。(《载酒园诗话》)

黄庭坚

黄庭坚（1045—1105），字鲁直，号山谷道人，晚号涪翁，洪州分宁（今江西九江修水县）人，北宋著名文学家、书法家。黄庭坚的诗以唐诗的集大成者杜甫为学习对象，提出了“点铁成金”和“夺胎换骨”等诗学理论，成了江西诗派作诗的理论纲领和创作原则。其诗注重用字，讲究章法，法度严谨，说理细密，对后世的诗歌创作产生了深远的影响。

日日梁州薄媚，年年金菊茱萸

清平乐·舞鬟娟好

宋·黄庭坚

舞鬟娟好。白发黄花帽。醉任旁观嘲潦倒。扶老偏宜年小。

舞回脸玉胸酥。缠头一斛明珠。日日梁州薄媚，年年金菊茱萸。

注释

娟好：清秀美丽。

缠头：古代歌舞艺人表演完毕，客以罗锦为赠，称“缠头”。

梁州：古九州之一。

简析

本诗描写了重阳欢宴的情景，为词人晚年所作。开篇写姿容秀美的舞姬，并自嘲“白发黄花帽”，此处是指重阳节有簪花发间的风俗，词人的白发与黄色菊花相映成趣。可见，词人并不因衰老而自伤自怜，反而充满了及时享乐的乐观精神。老人醉态可掬，浑不在意旁人嘲笑，并且意味深长地写下“扶老偏宜年小”，可见词人的乐观精神并不因年岁渐长而有丝毫改变。

下阕仍旧描写了舞姬的美丽。回首处，面容如玉，怎能不让人流连忘返，甚至一掷千金呢？取悦佳人也并不只是少年们的专利，词人当此情景，不由心怀大畅，感叹“日日梁州薄媚，年年金菊茱萸”。多希望每日都有千娇百媚的佳人做伴，而年年有今日，都能共赏金菊茱萸啊！这是一位老者对生命的留恋之情，也是一名文学家对时光流逝的反抗。

背景

本词为词人暮年重阳欢宴时所作，展现了词人面对时光流逝的乐观态度。

名家点评

〔清〕刘熙载：黄山谷词用意深至，自非小才所能办。(《艺概·词曲概》)

秦观

秦观（1049—1100），字少游，一字太虚，别号邗沟居士，扬州高邮人。官至太学博士、国史馆编修。一生坎坷，所写诗词，寄托身世，感人至深，为“苏门四学士”“苏门六君子”之一。他长于议论，文丽思深，兼有诗、词、文赋和书法多方面的艺术才能，尤以婉约词驰名于世。

问篱边黄菊，知为谁开

满庭芳·碧水惊秋

宋·秦观

碧水惊秋，黄云凝暮，败叶零乱空阶。洞房人静，斜月照徘徊。又是重阳近也，几处处、砧杵声催。西窗下，风摇翠竹，疑是故人来。

伤怀，增怅望，新欢易失，往事难猜。问篱边黄菊，知为谁开？谩道愁须殢酒，酒未醒、愁已先回。凭阑久，金波渐转，白露点苍苔。

注释

洞房：深邃的内室。

砧杵：捣衣。砧，捣衣石。杵，捣衣棒。

谩道：徒说。

殢：困扰，沉溺。

金波：指月光。

简析

词人以写景开篇，“碧水惊秋，黄云凝暮”，“惊”“凝”二字一动一静，沉着有力，精准地描摹出时序变迁之景。“败叶零乱空阶”，台阶上有零乱的黄叶堆积，烘托出秋季万物凋残的衰飒气氛，也侧面点出了词人此时此地的心境。“洞房人静，斜月照徘徊”，“人静”，而心不静，词人心思零乱，在斜月之下徘徊不定，陷入了无尽的沉思。

“又是重阳近也，几处处、砧杵声催”，一个“又”字道出了诗人漂泊异乡的感慨，年复一年，又到砧杵声声的“授衣”时节。词人心中的故园之思被秋景秋声所催，更显悲凉。“疑是故人来”一句，化用李益诗句“开门风动竹，疑是故人来”，点明了全词主旨，是借景怀人的情思。

下阕以情直入，“新欢易失，往事难猜”两句，将词人的万千思绪浓缩于八字之中，是婉约词风的直接体现。宋哲宗绍圣初年，以苏轼等为核心的元祐党人遭遇贬斥。好友故旧在政治中纷纷离散，词人体会到了世态炎凉，风波难测，空余怅惘之情，无力再多思往事。

“问篱边黄菊，知为谁开？”颇有“念桥边红药，年年知为谁生”之意，花自开自落，何曾为谁？词人的无限心酸之情，也只能付与酒中，然而“谩道愁须殢酒，酒未醒、愁已先回”。

所谓“举杯消愁愁更愁”，是词人低落又无奈心情的写照。“金波渐转，白露点苍苔”，以景语作结，也描述了词人独自凭栏，直至月光流转的情景。

本词情感深挚而不失含蓄，以景写情，融情入景，显示出不凡的艺术功力。

背景

秦观为官时因政治上倾向于旧党，被视为元祐党人，绍圣后贬谪。此词一说为他被流放因思恋故国所作，另一说为他晚年谪居后而作。

名家点评

〔明〕李攀龙：托意高远，措词洒脱，而一种秋思，都为故人。辗转诵者，当领之言先。(《草堂诗余隽》)

〔清〕黄苏：亦应是在谪时作。“风摇”二句，写得蕴藉，非故人也。风也，能弗黯然？“酒未醒、愁已先回”，意亦曲而能达。结句清远。(《蓼园词选》)

〔清〕陈廷焯：《满庭芳》诸阕，大半被放后作，恋恋故国，不胜热中。其用心不逮东坡之忠厚，而寄情之远，措词之工，则各有千古也。(《词则·大雅集》)

李清照

李清照（1084—1155），号易安居士，齐州济南（今山东济南）人。宋代女词人，婉约词派的重要代表人物。李清照工诗善文，尤擅长词。她论词强调协律，崇尚典雅，提出词“别是一家”之说，反对以作诗文之法作词。其词前期多写其闺中悠闲生活，后期多悲叹身世，情调感伤。形式上善用白描手法，语言清丽。李清照的词在群花争艳的宋代词苑中，独树一帜，自名一家，人称“易安体”。

梅定妒，菊应羞，画阑开处冠中秋

鹧鸪天·桂花

宋·李清照

暗淡轻黄体性柔，情疏迹远只香留。何须浅碧轻红色，自是花中第一流。

梅定妒，菊应羞，画阑开处冠中秋。骚人可煞无情思，何事当年不见收。

注释

鹧鸪天：词牌名。小令词调，双片五十五字，上片四句三平韵，下片五句三平韵。

暗淡轻黄：形容桂花的颜色是暗黄、淡黄、轻黄。

体性柔：体质柔弱，性格和顺。体性，本指人的体貌与性情，这里指桂花。

疏：疏放。

迹远：桂树多生长于深山中，故云。

何须：犹何必，何用。

自是：自然是。

画阑：即画栏，指饰有彩绘的栏杆。

冠：居于首位。

骚人：指屈原，因其作《离骚》，故称其为"骚人"。

可煞：表示疑问，犹可是，是否。

情思：情义。

何事：为何，何故。

简析

咏物诗词一般以咏物抒情为主，绝少议论。李清照的这首咏桂词一反传统，以议论入词，又托物抒怀。咏物既不乏形象，议论也能充满诗意，堪称别开生面。

"暗淡轻黄体性柔，情疏迹远只香留"，短短十四字形神兼备地写出了桂花的独特风韵。桂花颜色"暗淡轻黄"，体态"轻柔"，生长环境"迹远"，幽静偏僻，香味浓郁。

全词除了前两句之外，余下均为议论。词人以议论入词，议论桂花之美。"自是花中第一流"为第一层议论，是直接赞叹桂花。"梅定妒，菊应羞，画阑开处冠中秋"为第二层议论，以

“梅”“菊”来衬托桂花，侧面赞美桂花。“骚人可煞无情思，何事当年不见收”，为第三层议论，以嗔怪屈原来间接表达桂花之独特。三层议论，将自己对桂花的喜爱之情推到极致。词人对桂花的由衷赞美，意在托物抒怀，以物喻人。词人笔下其貌不扬但质地不凡的桂花，是情操高洁、特立独行的君子的象征，又是词人傲视世俗、卓尔不群的正直品格的生动写照。

背景

此词作于建中靖国（1101）之后，李清照与丈夫赵明诚居住青州之时。由于北宋末年党争的牵累，李清照曾随丈夫屏居乡里约一年之久。摆脱了官场上的钩心斗角，离开了都市的喧嚣纷扰，在归来堂上悉心研玩金石书画，给他们的隐退生活带来了蓬勃的生机和无穷的乐趣。此词就是在这种背景下创作的。

名家点评

〔近代〕王国维：“何须浅碧轻红色，自是花中第一流”，易安语也，其词品亦似之。(《人间词话》)

不如随分尊前醉，莫负东篱菊蕊黄

鹧鸪天·寒日萧萧上琐窗

宋·李清照

寒日萧萧上琐窗，梧桐应恨夜来霜。酒阑更喜团茶苦，梦断偏宜瑞脑香。

秋已尽，日犹长，仲宣怀远更凄凉。不如随分尊前醉，莫负东篱菊蕊黄。

注释

萧萧：凄清冷落的样子。

琐窗：镂刻连锁纹饰之窗户。

酒阑：酒尽，酒酣。

团茶：团片状之茶饼，比较名贵，饮用时则碾碎之。

瑞脑：即龙涎香，一名龙脑香。

仲宣：王粲，字仲宣，汉末文学家。他写的《登楼赋》，抒发去国怀乡之思。

随分：随便，随意。

简析

这是一首乡愁诗，作者写深秋凄凉的景色，以醉酒写乡愁，悲慨有致，凄婉情深。

词的开头两句“寒日萧萧上琐窗，梧桐应恨夜来霜”，描写了寒日梧桐，透出无限凄凉。梧桐早凋，入秋即落叶，“恨霜”即恨霜落其叶。草木本无知，梧桐之恨实为人之恨。词人借景抒情，表达了内心的孤独和寂寞。“酒阑更喜团茶苦，梦断偏宜瑞脑香”，言酒后更喜欢品尝团茶的苦味，梦中醒来特别适宜嗅闻龙涎香的香气。词人因心情不好，只好借酒消愁。茶能解酒，故酒后饮茶。

“秋已尽，日犹长，仲宣怀远更凄凉”，秋天马上就要过去，白昼还是这么的漫长，比起王粲在《登楼赋》中抒发的怀乡之情，词人觉得自己更凄凉，“仲宣”句用典。“犹”和“更”两字，一写主观错觉，一写内心实感，都是在加重描写乡愁。

结句“不如随分尊前醉，莫负东篱菊蕊黄”，词人发出感叹：不如对着美酒随意痛饮，不要辜负东篱盛开的菊花。此句看似达观，实际蕴含着词人无限的苦闷和乡愁。

背景

这首词是李清照南渡之后的作品，词人南渡之后，陷入了国破家亡、夫死流离的悲惨境地，心绪寂寞，思乡心切。

名家点评

〔清〕沈谦：男中李后主，女中李易安，极是当行本色。(《填词杂说》)

陈与义

陈与义（1090—1138），字去非，号简斋，河南洛阳人。陈与义是南北宋之交的著名诗人，师尊杜甫，也推崇苏轼、黄庭坚和陈师道，有“诗俊”之称，与“词俊”朱敦儒和“文俊”富直柔同列“洛中八俊”。其早期诗作多为流连光景之作，观察细致，描写生动，饶有情趣；后期诗作意境圆融，风格雄浑沉郁。

未应菊径关心急，聊为鱼槎尽意留

次韵宋主簿诗

宋 · 陈与义

九折湾中万斛舟，怪公随处得心休。
未应菊径关心急，聊为鱼槎尽意留。
陆子旧踪余马顶，羊公遗碣见龟头。
遥知太白无多事，醉里诗成不待搜。

注释

万斛：极言容量之多。

陆子：陆抗。

马顶：马头岸。

羊公：即羊祜，字叔子，晋朝著名军事家、文学家。

太白：李白。

简析

这首七言绝句是诗人为好友宋主簿所作。“九折湾中万斛舟，怪公随处得心休”，首联中，诗人对友人发问：河湾曲折，奔流不息。舟船行于其中，可以承载万斛之重。如此漂泊之景，为何你可以随处安心，不觉悲愁呢？这看似是诗人在提问，实则也是他内心的思考。在变幻莫测的世事之中，究竟如何获得心灵的平静？

“未应菊径关心急，聊为鱼槎尽意留”，颔联写出了秋日特有的景色。诗人并不急于去赏玩菊花盛开的景象，反而为一只小船久久驻足。因为这里是友人相聚、谈诗论道之地。

“陆子旧踪余马顶，羊公遗碣见龟头”，诗人缅怀古迹，感慨万千。旧日闻名一时的英雄人物，如今只有碑石犹存，无知无觉，承受风吹雨打。人生短暂，声名也将随肉体消逝。那么，究竟何物才是生存的凭依呢？

“遥知太白无多事，醉里诗成不待搜”，诗人思索之后的答案是寄情诗词。诗人举起酒杯，似与千古诗仙李太白遥遥相对。他用丰富的想象力称赞了李白的天才：不用搜索枯肠，或者苦心遣词造句。诗仙即使在醉眼朦胧之时，也可以下笔有神，作惊世之语。诗文中所体现的才情意趣可以流传千古，这大概会给感怀时间流逝的诗人带来精神上的安慰。

背景

本诗为陈与义应答友人之作，抒发了诗人对历史风云变幻、时光流逝的感怀之情。

万事莫论兵动后，一杯当及菊残时

得席大光书因以诗迓之

宋·陈与义

十月高风客子悲，故人书到暂开眉。
也知廊庙当推毂，无奈江山好赋诗。
万事莫论兵动后，一杯当及菊残时。
喜心翻倒相迎地，不怕荒林十里陂。

注释

席大光：名益，绍兴三年（1133）任参知政事。他早年在京城时，即与作者往来甚密。

迓：迎接。

高风：强劲的风。

廊庙：殿下屋和太庙。此指朝廷。

翻倒：犹翻转。形容在狂喜或惊惧中不能自持。

简析

本诗是诗人为好友席大光而作。席大光与诗人为多年同僚，亦是同乡，多年来为至交好友。诗作完成于建炎元年，北宋灭亡之后，因此多有忧思之语。

“十月高风客子悲，故人书到暂开眉”，首联点明时节，用萧瑟秋风和寒冷天气渲染了悲愁的气氛。然而，接到了好友的书信，仍然可以让诗人暂且开颜。此处的“暂”字，可谓以乐写哀之法：一方面暗示了诗人平日的生活颇少欢乐，另一方面也点明了相聚短暂，其后仍是无尽的悲愁。

颔联两句，“也知廊庙当推毂”是对好友才华的赞许，也是对他得到擢升的祝愿。而“无奈江山好赋诗”，则包含着诗人深深的哀怜之情。当此山河破碎之际，诗人却只能吟诗作赋，暂遣悲怀，难道是他愿意如此吗？答案是否定的。“无奈”二字已经说明了一切。

“万事莫论兵动后，一杯当及菊残时”，颈联以无限悲愁提及时事，“兵动后”显然是指北宋灭亡一事，兵戈一起，国破家亡，当此绝境，还有什么可以言说呢？也只能盼着与友人早日相聚，趁着菊花尚未凋残，借酒消愁罢了。

尾联承李白“相迎不道远，直至长风沙”之意，表达了诗人准备迎接好友，不惜走过十里荒林的欣喜之情。

全诗将个人情感与家国命运融合在一起进行描写，格外具有沉郁凝重之意。

背景

这首诗写于高宗建炎元年（1127）十月。上年十一月，金人攻下汴京，徽、钦二帝被俘。此年五月，康王赵构即位南京，改元建炎。当此大乱之际，作者正寓居邓州（今属河南）。他忧心国事，无时不兴起家国之悲。

名家点评

〔宋〕刘克庄：以简严扫繁缛，以雄浑代尖巧。第其品格，当在诸家之上。(《后村诗话》)

〔清〕纪昀：靖康以后，北宋诗人凋零殆尽，惟与义为文章宿老，岿然独存。其诗虽源出豫章，而天分绝高，工于变化，风格遒上，思力沉挚，能卓然自辟蹊径。(《四库全书总目提要》)

张元干

张元干（1091—约1161），字仲宗，号芦川居士、真隐山人，晚年自称芦川老隐。芦川永福（今福建永泰）人。历任太学上舍生、陈留县丞等职。张元干博览群书，文学修养很高，他能诗、能词、能文，其著作有《芦川归来集》10卷、《芦川词》2卷，计180余首。

山阁杯浮菊，江城雁度云

送江子我归严陵

宋·张元干

久客惊秋晚，怀归更送君。
乱来俱避地，老去惜杂群。
山阁杯浮菊，江城雁度云。
行行经钓濑，时事不须闻。

注释

久客：指久居外乡的人。
山阁：依山而筑的楼阁。
钓濑：水边垂钓处。

简析

这是一首送别友人的五言律诗。开篇点明主题，“久客惊秋晚”一句说明了两人共同的处境——久居他乡作客，秋季来临，才惊觉一年将尽。诗人一方面满怀思乡之情，一方面面临与友人分别之苦，可以说是心情复杂。

“乱来俱避地，老去惜杂群”，诗人在颔联中表达了对时事的忧虑之情。生逢乱世，颠沛流离，不觉之间就已老去。高阁之上，杯中的酒还浮着菊花的花瓣，然而诗人视线一转，却看见大雁在阴云之中翩然飞过。征鸿过客之思不由满溢而出。

面对此情此景，诗人由衷地发出“行行经钓濑”的感慨。“钓濑”起初特指《后汉书》中严光垂钓之处，后来亦用以代指隐士隐居的地方。诗人流露出向往归隐、不问世事的愿望，或许是别离之际一时伤怀，也或许是久经世事，终于厌倦尘世。无论如何，似乎在当时，这个美好的愿望都是无法实现的。

本诗情绪饱满，却用含蓄清正之语言缓缓道出，对离别的哀伤，对世俗的厌倦都隐藏在淡淡的景语之中，颇有哀而不伤之意。

背景

本诗为送别友人之作，抒发了诗人历尽沧桑，向往隐逸的感慨之情。

陆 游

陆游（1125—1210），字务观，号放翁，越州山阴（今绍兴）人，南宋爱国诗人。历任福州宁德主簿、敕令所删定官、隆兴府通判等职，因坚持抗金，屡遭主和派排斥。陆游性格豪放，胸怀壮志，在诗歌风格上追求雄浑豪健，形成了气势奔放、境界壮阔的诗风。其诗语言平易晓畅，章法整饬谨严，在南宋诗坛上占有重要的地位。

自笑如寒蝶，裴回残菊枝

读吕舍人诗追次其韵

宋·陆游

少壮如昨日，忽已及耄期。
旧友散莫收，亦复少新知。
吾归镜湖上，日日醉东篱。
自笑如寒蝶，裴回残菊枝。

注释

吕舍人：吕本中（1084—1145），字居仁，世称东莱先生。宋代诗人、词人。

耄：耄耋之年，即八九十岁。此处指年纪很大的人。

裴回：即徘徊。

简析

“少壮如昨日，忽已及耄期”两句，开门见山，道出了诗人对时光流逝的感慨。想起年轻时的情景，仿佛还在昨日，然而转眼之间，就已是垂暮老人。“旧友散莫收，亦复少新知”，回望过去，旧日的朋友已经四散天涯，而新知难得，何况又是在暮年。这种悲哀的心情，大概只有年龄相近、饱经世事沧桑的人才能领会一二吧。

思及此处，诗人不由得有归乡之念，“言归镜湖上，日日醉东篱”，诗人渴望效仿陶渊明之隐逸，每日东篱把酒，何等自在。然而秋节已至，诗人以“寒蝶”自比，觉得自己正如冷清天气的蝴蝶，在残菊的枝茎间徘徊。秋日蝴蝶随时可能走到生命的尽头，开败的菊花也不过是“零落成泥碾作尘”，都不是长久之物，更透出凄凉孤寂的气息。诗人以此自比，似乎哀怨已极。然而“自笑”二字，却在凄凉之中，道出了诗人的豁达心境。即使已近暮年，所执所依皆不长久，却仍保有清醒的自知和一笑之间的超然。

背景

本诗为陆游读吕舍人诗后的和韵之作，表达了诗人对年光流逝的感慨。

菊花如志士，过时有余香

晚菊

宋·陆游

蒲柳如懦夫，望秋已凋黄。
菊花如志士，过时有余香。
眷言东篱下，数株弄秋光。
粲粲滋夕露，英英傲晨霜。
高人寄幽情，采以泛酒觞。
投分真耐久，岁晚归枕囊。

注释

蒲柳：即水杨，一种入秋就凋零的树木。
望秋：到了秋天。
眷言：回顾之貌。
粲粲：鲜明貌。
投分：情投意合。
耐久：能够经久。
归枕囊：菊花瓣晒干后，可以充当枕囊，有一定的药效。

简析

本诗表达了对晚菊的赞美之情，也蕴含了诗人的自我期许。

“蒲柳如懦夫，望秋已凋黄”，开篇用蒲柳来与菊花作对比。刚入秋，蒲柳的叶子就已经凋黄，所以诗人拟人化地称其为“懦夫”；而菊花则犹如志士，意志坚定、生命力顽强，到了秋末冬初的时候，还存有余香。与蒲柳作比，似乎还不足以说明晚菊之全部风貌。于是诗人进一步展开叙述，“眷言东篱下，数株弄秋光”，回顾起东篱下栽种的几株菊花，在秋天中粲然开放，英姿飒爽、傲意凛然的样子。

“高人寄幽情，采以泛酒觞”，诗人化用陶渊明《饮酒》诗之原意，来凸显菊花不同寻常的坚韧品质。诗人赞美菊花，喜爱菊花，然而菊花终究是无知无觉的植物，如何能与诗人神魂相交？归根结底，诗中的晚菊也是诗人自身的投影，蕴含着不畏强权、不求显达的孤寂和倔强。陆游向来有使用菊花枕的习惯，他在《剑南诗稿》中写道：“余年二十余,尚作菊枕诗。采菊缝枕囊,余香满室生。”想来长夜漫漫，枕于清香之上入眠时，怀想菊花的高洁身姿，一定能给诗人带来精神上的安慰。

全诗言辞古朴，辞气流畅，情致颇深。

背景

此诗于开禧二年（1206）冬作于山阴。这是一首从时节的角度，歌咏晚菊的五言律诗。

名家点评

〔明〕袁宗道：模写事情俱透脱，品题花写亦清奇。(《偶得放翁集快读数日志喜因效其语》)

菊芽冒土如争出，柳色摇村已渐匀

立春

宋·陆游

绍熙又见四番春，春日春盘节物新。
独酌三杯愁对影，例添一岁老催人。
菊芽冒土如争出，柳色摇村已渐匀。
身是兰亭山下客，未容逸少擅清真。

注释

春盘：古代风俗，立春日以韭黄、果品、饼饵等簇盘为食，或馈赠亲友，称春盘。

兰亭：亭名。在浙江省绍兴市西南之兰渚山上。

逸少：美少年。

简析

这首七律诗作于立春时节。诗人虽然已近晚年，却不显老朽之态。“绍熙又见四番春，春日春盘节物新”，首联描写了立春时万物更新的景象，然而在这个生机勃勃的季节，诗人只能举杯独酌，“对影成三人”，不由得发出“例添一岁老催人”的感慨。对于少年人来说，春季只是又一年的开始，是青春岁月里值得期待的美好时节。然而在诗人眼中，只能感到年岁催人老，令人惆怅。

“菊芽冒土如争出，柳色摇村已渐匀”，颈联描写了乡居中动人的景色。菊花的嫩芽争先恐后，破土而出；嫩黄柳色如烟如雾，逐渐笼罩整个村落。此处“摇”字极妙，生动地描写了春色渐浓的动态之感。“身是兰亭山下客，未容逸少擅清真”，尾联中诗人用兰亭故典，以贤者自许，颇为骄傲地表示“未容逸少擅清真”。世间不独有少年才有欣赏春色的权利，哪怕已经垂垂老矣，只要心中的志向仍存，也能在春日里同享一缕微风。

陆游的一生，是坎坷的一生，也是从来未曾停止奋斗的一生。这首诗辞气流畅，对仗工整，真切地抒发了诗人不甘老去的壮志豪情。

背景

本诗作于立春之日，描写了乡村春景和风俗，也表达了诗人内心的勃勃生机。

残菊一枝香未残，夜窗拈起百回看

残菊

宋·陆游

残菊一枝香未残，夜窗拈起百回看。
过时只恐难相笑，我是三朝旧史官。

注释

三朝旧史官：陆游曾经三做史官。

简析

这是一首充满了自嘲、悲愤意味的诗。

“残菊一枝香未残，夜窗拈起百回看”，诗人开篇即说，一枝已经凋残的菊花，因为余香袅袅而引起了诗人的极大兴趣，使诗人夜不能寐，按捺不住好奇，在窗前灯下拈起这一枝残菊百般玩赏，不忍放下。从这个小小的举动，不难看出诗人对菊花抱香枝头的坚韧品节是如何发自肺腑的赞佩、欣赏，且有借菊花自励、寄托情感的意味。

但诗人并不愿表露心迹，却急转笔锋，故意用世俗之见说：“过时只恐难相笑，我是三朝旧史官。”虽然这枝菊花已经残损凋谢了，但诗人并不打算去嘲笑它，因为诗人自己也曾前后三次做过史官，如今空无一职，也是过时之人啊！此言一出，诗人苍凉、自嘲、悲愤的意味不言自明。

陆游对历史颇有研究，曾经立志从历史中寻找南宋当前的救国之策，撰有《南唐书》存世。但诗人满腹才学，在当时主和派、保守派把持朝政的情况下，空有爱国热情，却报国无门，空留遗憾。

背景

此诗嘉泰二年（1202）冬作于山阴。

正遣清诗觅菊栽，穿云涉水又寻梅

梅村野人家小憩

宋・陆游

正遣清诗觅菊栽，穿云涉水又寻梅。
万牛不挽新愁去，一鸟还惊午梦回。
老愧逢人说幽愤，穷能随事学低摧。
江边漂母何为者？无食王孙未易哀。

注释

梅村：即梅市乡。

幽愤：郁结的怨愤。

低摧：低首摧眉，形容劳瘁的样子。

江边漂母："漂母"这个典故出自《史记・淮阴侯列传》。韩信年少家贫，受餐于漂母，及其达志以后，投千金以为报答。

无食王孙：指韩信。

简析

"正遣清诗觅菊栽，穿云涉水又寻梅"，诗开篇点明了时节——诗人尚且沉浸于菊花的诗意之中，梅花却已盛开。在寒冷的冬季，诗人感慨万千。午夜梦回之中，新愁旧恨难以尽数。

"老愧逢人说幽愤"一句，抒发了极为复杂的情感。诗人内心有多少愤怒忧思急于倾吐，开口之后，却反觉愧悔。自己的一生屡遭挫折，壮志难酬，难道只剩下诉说低沉情绪一件事情可做？世路穷途，使人学会低首摧眉，然而诗人心中深藏的志向，始终未尝更改。

“江边漂母何为者？无食王孙未易哀。”尾联中使用了《史记》中“漂母饭信”的典故。诗人用此典故，可谓意味深长。虽然处境艰难，仍然有“无食王孙未易哀”的乐观精神，恰如梅花不畏严寒，仍旧灿烂盛开。这是诗人“僵卧孤村不自哀，尚思为国戍轮台”之坚定信念的延续，也是贯穿其生命始终的理想和坚持。

背景

本诗为嘉定元年（1208）冬季，陆游于山阴所作。

名家点评

〔清〕陈讦：放翁一生精力尽于七律，故全集所载最多、最佳。(《唐宋诗醇》)

重阳未见一枝菊，它日菊开生我愁

重九无菊有感

宋 · 陆游

重阳未见一枝菊，它日菊开生我愁。
高兴亭中香满把，令人北望忆梁州。

注释

高兴亭：诗人自注：“高兴亭，在南郑子城西北，正对南山。”南郑，即今陕西省汉中市南郑县。

梁州：南郑一带的古称。

简析

“重阳未见一枝菊，它日菊开生我愁”，这首诗先是写重阳节没有见到菊花，这件事本身好像是容易令人产生愁怨之情的，因为重阳登高赏菊饮酒已经是旧俗了。诗人却反其意而用之，言等到菊花开放的那一天自己才会发愁。

这是何故呢？诗人自己作了回答：“高兴亭中香满把，令人北望忆梁州。”因为菊花开放，令他想起了当年在南郑前线时，曾在高兴亭中采过菊花，今日看到菊花，不禁勾起当年在南郑前线的回忆。

诗人的言外之意是，当年在蜀中抗金前线的生活是令人难忘的。这亦是感怀时事之作，诗人“心在天山，身老沧洲”的悲凉感慨，不能不令人为之叹息。

背景

此诗嘉泰三年（1203）秋作于山阴。乾道八年（1172）重阳节，陆游在南郑，曾经作有《送范西叔赴召》诗，其中有“天涯流落过重阳”之句。

老去流年不耐催，微霜又见菊花开

新菊

宋·陆游

老去流年不耐催，微霜又见菊花开。
莫言冷落西风晚，也有飞飞小蝶来。

注释

流年：如水般流逝的光阴。

冷落：寂静。

飞飞：飘扬貌。

简析

这是一首咏菊花的七言绝句，也是陆游的晚年作品。“老去流年不耐催”一句，可知诗人以菊花自比。深秋时节，菊花已开到尾声。但诗人却看见，虽又霜降，菊花再发新芽。这是属于自然的蓬勃生机，也使得诗人为之感慨。

“莫言冷落西风晚，也有飞飞小蝶来”，谁说这一枝菊花开得太晚，只有清冷西风与它做伴呢？诗人还能看见蝴蝶翩然而至，在花间嬉戏。这不由得使诗人想到了自己。虽已近暮年，但心中的豪情壮志却不曾熄灭。

本诗短小而隽永，字句清丽可喜，与陆游意境雄浑的爱国诗词形成了鲜明对比，也体现了诗人能够驾驭多种风格的能力。

背景

本诗为陆游在庆元二年（1196）秋季于山阴所作。

名家点评

〔宋〕刘克庄：三百篇寂寂久，九千首句句新。譬宗门中初祖，自过江后一人。(《题放翁像二首》其一)

旱余虫镂园蔬叶，寒浅蜂争野菊花

西村

宋 · 陆游

湖塘西去两三家，杖屦经行日欲斜。
蹙蹙水纹生细縠，蜿蜿沙路卧修蛇。
旱余虫镂园蔬叶，寒浅蜂争野菊花。
老去郊居多乐事，脱巾未用叹苍华。

注释

縠：指水波粼粼的样子。

苍华：指头发花白。

简析

这首七律诗描写了乡间的秋日美景。

“湖塘西去两三家，杖屦经行日欲斜”，首联中，诗人沿着池塘拄杖而行，悠然自得。渐斜的夕阳之下，缓步经过两三家乡居，想必是鸡犬相闻的安适景象。“蹙蹙水纹生细縠，蜿蜿沙路卧修蛇”，颔联写诗人目之所见。抬眼望去，水波在微风之中荡出细细波纹，小路蜿蜒如同曲蛇卧于沙土之上。此情此景，不由让人一洗俗尘。

“旱余虫镂园蔬叶，寒浅蜂争野菊花”，颈联写乡居生活的农耕之事。虫子啃噬菜叶，天尚未寒，仍有蜜蜂围着野菊花嗡嗡飞行。这些再寻常不过的小事，在诗人笔下，也蕴含着一种别样的情致，令人心生向往。

这其中的缘由，诗人在尾联之中点明了。“老去郊居多乐事”，陆游的一生是坎坷不平的，诗人心中常怀悲愤。然而时光流逝，在年老之时，乡间平凡安宁的生活在诗人眼中却是值得珍惜的欢乐时光。“脱巾未用叹苍华”，尽管发鬓斑白，然而当此情景，又何须慨叹呢？

全诗落笔清新，虽写俗物却不落俗套，可谓别具匠心。

背景

嘉泰元年（1201），诗人在山阴描写西村清新优美的自然景象，赞叹乡居之乐，抒发无限喜悦之情。

黄菊芬芳绝世奇，重阳错把配萸枝

九月十二日折菊

宋·陆游

黄菊芬芳绝世奇，重阳错把配萸枝。
开迟愈见凌霜操，堪笑儿童道过时。

注释

萸枝：茱萸枝。茱萸是一种常绿带香的植物，具有杀虫消毒、逐寒祛风的功能。古代重阳节有登高、饮菊花酒、佩茱萸的习俗，认为这样可以长寿。

凌霜操：冒着严霜而开放的可贵操行、品节。

简析

古人认为，菊花以黄色为上，所以此诗一开始便说芬芳盛开的黄色菊花是“绝世奇”。重阳节的时候，采来菊花与茱萸一起佩戴，这是古人的习俗。诗人认为茱萸不堪与“绝世奇”的菊花相提并论，着眼点就在于菊花所具有的“凌霜操”的品格。晚开的菊花常常被人认为不守时节，因而多有不满之词；诗人恰恰相反，他认为菊花开放得越晚，越能看出其面对严寒霜冻毫不畏惧的可贵品质。而这种内在的精神品质又有几人能够理解呢？路过的儿童，恐怕都把菊花视作与茱萸一样的辟邪节令之物了吧？陆游的这种感怀，正是他退居山阴后壮志难酬、平生抱负无法施展、内心寂寞无人理解的真实反映。

背景

此诗嘉泰元年（1201）秋作于山阴。

名家点评

〔清〕赵翼：宋诗以苏、陆为两大家，后人震于东坡之名，往往谓苏胜于陆，而不知陆实胜苏也。少工藻绘，中务宏肆，晚造平淡。(《瓯北诗话》)

杨万里

杨万里（1127—1206），字廷秀，号诚斋，吉州吉水（今江西吉水）人，南宋爱国诗人。与陆游、尤袤、范成大并称“南宋四大家”（又作“中兴四大诗人”）。杨万里一生作诗两万多首，被誉为“一代诗宗”。其诗大多描写自然景物，语言浅近明白、清新自然。

白菊初开也自黄，开来开去白如霜

白菊二首（其一）

宋 · 杨万里

白菊初开也自黄，开来开去白如霜。
小蜂劣得针来大，不怕清寒嗅冷香。

注释

清寒：寒冷。

冷香：指清香的花。

简析

这是一首典型的“诚斋体”诗作。杨万里，号诚斋，而诚斋体的特征在于语言简明流畅、活泼自然，情感方面则想象奇特，将主观情感投射至客观事物，绝非单纯白描。

诗人在这首七言绝句中，描写了白菊开放，由黄转白的奇妙景象。菊花初开时，由于花瓣尚未完全展开，故此颜色较开放后更为深重。诗人对花朵与昆虫进行了细致的观察，可谓童趣十足。蜜蜂只是一种动物，诗人却认为它“顽劣”，“不怕清寒”，这正是“诚斋体”的一贯手法。

全诗清新自然，饶有趣致，看似直白浅显，却体现了诗人深厚的语言功底。

菊花自择风霜国，不是春光外菊花

咏菊

宋·杨万里

物性从来各一家，谁贪寒瘦厌妍华。
菊花自择风霜国，不是春光外菊花。

注释

物性：事物的本性。

妍华：妍丽、华美的外貌。

简析

杨万里所开创的“诚斋体”，擅长以情写理，却不显枯燥，具有语言明白晓畅、思想新奇通达的特点。这首咏菊诗就写得颇有理趣。在诗人的眼中，万事万物都具有不同的本性。菊花在秋季开放，枝叶寒瘦，是因为秋风肃杀，要在如此残酷的环境中开放，只好顺应自然。而另一方面，这也是诗人对菊花的赞许——是菊花性情高洁，主动选择了秋天，而不是春季有意地对菊花冷淡排斥。

杨万里不仅是位多产的诗人，同时也是一位理学家，他认为万事万物中皆有其“理”的存在。他的许多诗歌中就充满了理趣。这首诗中的菊花意象，虽然被拟人化了，但并无多少情感色彩，只是诗人用来表达思想的载体。

背景

本诗为杨万里咏菊之作，表明了诗人对事物本性的看法和对高洁品质的赞叹。

名家点评

〔宋〕严羽：其初学半山、后山，最后亦学绝句于唐人。已而尽弃诸家之体，而别出机杼。(《沧浪诗话》)

未应白菊减与黄，金作钿心玉作裳

九日郡中送白菊

宋·杨万里

未应白菊减与黄，金作钿心玉作裳。
一夜西风开瘦蕾，两年海南伴重阳。
若言佳节如常日，为底寒花分外香。
挼蕊浮杯莫多着，一枝留插鬓边霜。

注释

钿：古代一种嵌金的首饰。

佳节：美好的节日。

寒花：寒冷时节开放的花，多指菊花。

挼蕊：菊花瓣。

简析

“未应白菊减与黄，金作钿心玉作裳”，诗人开篇写道，虽然世人都以黄色菊花为贵，但白菊未必逊色于黄菊。白菊盛开之时包裹着金黄花蕊，就犹如嵌金的钿心包裹着白玉制成的外裳一般。“一夜西风开瘦蕾”，颔联处一写菊花之“瘦”，一写自己之漂泊，每年重阳节日，都是白菊为伴。远近之间，相互呼应，抒发了诗人对菊花的怜惜之情和心中的惆怅。

颈联中诗人看似不解地发问：如果说重阳佳节也与平时没什么差别，为什么他会觉得，这天的菊花都会格外芬芳呢？实际上，菊花的今日与明日并无差别，感情发生了变化的，正是诗人本人。“每逢佳节倍思亲”，是每个人都难免遇到的情绪状态，在重阳节思念家乡，却不得归去，诗人也只好借酒消愁。

尾联中诗人再次表达了对菊花的怜爱：不要将菊花全部拿来佐酒，还是留下一枝，插在已经霜白的发鬓之间，聊作安慰吧。全诗并无华丽辞藻，却在平常中蕴藏真情，具有打动人心的力量。

背景

这首诗应作于淳熙八年（1181）的重阳节。此时作者任职于广东岭南。诗人通过咏菊表达了思乡之情以及对白菊的喜爱。

名家点评

〔宋〕周必大：诚斋大篇短章，七步而成，一字不改。皆扫千军，倒三峡，穿天心，出月胁之语。至于状物姿态，写人情意，则铺叙纤悉，曲尽其妙。笔端有口，句中有眼。(《跋杨廷秀石人峰长篇》)

辛弃疾

辛弃疾（1140—1207），字幼安，号稼轩，历城（今山东济南）人。南宋豪放派词人，与苏轼合称“苏辛”，与李清照并称“济南二安”。其词题材广泛，艺术风格多样，以豪放为主，风格沉雄豪迈又不乏细腻柔媚之处。有词集《稼轩长短句》等传世。

有玉人怜我，为簪黄菊

满江红·倦客新丰

宋·辛弃疾

倦客新丰，貂裘敝、征尘满目。弹短铗、青蛇三尺，浩歌谁续。不念英雄江左老，用之可以尊中国。叹诗书、万卷致君人，番沉陆。

休感叹，浇醽醁。人易老，欢难足。有玉人怜我，为簪黄菊。且置请缨封万户，竟须卖剑酬黄犊。甚当年、寂寞贾长沙，伤时哭。

注释

满江红：词牌名，双调九十三字，前阕四仄韵，后句五仄韵，前阕五、六句，后阕七、八句要对仗。后阕三字四字也用对仗，此调例用入声韵脚。

倦客：倦于宦游的人。

新丰：在长安东面，陕西临潼东。

貂（diāo）裘敝：衣服破烂不堪。

征尘：旅途的尘土。

弹短铗（jiá）：作者以冯谖不得志时弹剑而自喻。铗：指剑。

青蛇：指剑。

英雄：此暗指词人自己。

江左：指偏安江南地区。

君人：指君王。

醽醁（líng lù）：美酒。

簪（zān）：插，戴。

卖剑酬黄犊（dú）：《汉书·龚遂传》记载，渤海郡饥，龚遂为太守，劝民卖刀剑买牛犊，从事农业生产。这里指只须卖刀剑买牛，归耕田园。

甚：为什么，何必像。

贾长沙：指贾谊。贾谊被汉文帝贬为长沙王太傅，故后人称其为贾长沙。

简析

上阕先以马周、苏秦、冯谖三个人物失意落寞的遭际自比，然后直抒胸臆，抒发不平：“不念英雄江左老，用之可以尊中国。”此二句看似寻常语，但却道破了南宋政治现实。宋高宗在位35年，却是个彻头彻尾的投降派，多少仁人志士请缨无路，报国无门，衔恨以终。“叹诗书、万卷致君人，番沉陆。”虽读万卷书，志在辅佐君王，报效国家，但被现实所迫，反退而隐居，埋在底层，于诗书冠一“叹”字，可知感慨之深。上片连用典故，壮怀激烈，悲歌慷慨，淋漓尽致地抒发了愤世之情。

下阕从侧面立意，在报国无路的情况下，词人只能寄情诗酒，归隐田园，故作旷达。隐痛深哀，仍充满字里行间。“休感叹”，实际是说感叹有何用，不如借美酒以消愁解恨。又发超脱之言：“有玉人怜我，为簪黄菊。”转而又作愤语：“且置请缨封万户，竟须卖剑酬黄犊。”这里表示放下请缨杀敌、立功封侯的念头，归隐田园，以求解脱。词的结尾引贾谊事作结：“甚当年、寂寞贾长沙，伤时哭。”贾谊为什么因寂寞伤时而痛哭呢？以反问的形式透露了诗人故作旷达而始终无法摆脱的痛苦。这种旷达精神，实质上是他的悲痛情绪发展到更深沉的表现。

这首词抒写壮志难酬的悲愤，沉痛激烈，感慨极深。全词语言辛辣，笔锋犀利，作者既表达出了自己忧国伤时的激愤之情，又表达了自己饱受劳碌奔波之苦最终却一事无成的倦怠之感，笔力直透纸背。

背景

此词大约作于淳熙六年（1179）至七年（1180）之间。这首词大约是辛弃疾闲居上饶担任有名无实的祠官时所作，词人反对偏安江左，渴望用世立功，可是最终被迫无奈退隐田园。

名家点评

〔清〕纪昀：其词慷慨纵横，有不可一世之概，于倚声家为

变调；而民军特起，能于翦红刻翠之外，屹然别立一家，迄今不废。(《稼轩词提要》)

雪里疏梅，霜头寒菊，迥与余花别

念奴娇·赠夏成玉

宋·辛弃疾

妙龄秀发，湛灵台一点，天然奇绝。万壑千岩归健笔，扫尽平山风月。雪里疏梅，霜头寒菊，迥与余花别。识人青眼，慨然怜我疏拙。

遐想后日蛾眉，两山横黛，谈笑风生颊。握手论文情极处，冰玉一时清洁。扫断尘劳，招呼萧散，满酌金蕉叶。醉乡深处，不知天地空阔。

注释

秀发：喻指人神采焕发，才华出众。

青眼：指对人喜爱或器重。

尘劳：佛教徒谓世俗事务的烦恼。

简析

这是辛弃疾写给友人的一首词，赞赏爱重之意溢于笔端。开篇“妙龄秀发”一句，描写了夏成玉的出众气质。仿佛灵秀之山水，无须雕琢，天然便有奇绝之意。其后两句更是气势雄浑，仿佛将无尽青山曲折蕴于笔端，随意挥手，便是平山风月。“雪里疏梅，霜头寒菊”以两种品性高洁、不惧寒冷的花朵作比，更突出友人的不同流俗，“迥与余花别”。上阕末句，是词人的自谦，也说明了两人之间感情深厚，不为世俗评价所限。

下阕中的遣词造句令人遐想，诸如“蛾眉”“横黛”等词，均是用以描述女子面貌。然而其后“握手论文情极处，冰玉一时清洁”的心思交融、知音之感，又让人觉得读此词时无须再执着于性别差异。词人与夏成玉之间的深情厚谊，不是因为外貌的彼此吸引，而是因为内心深处，有旗鼓相当的才学和抱负。也无怪乎词人有“扫断尘劳”之感，与友人欢聚时，只需举杯畅饮，在醉乡之中把臂同行，不问来处归途。

夏成玉其人虽已不可考证，但从辛弃疾直白热烈的词句中可以看出，此人必定也是一时才俊，才能得词人如此青眼。辛弃疾的词向来豪阔大气，本首词更多了些细腻情感。

对郑子真岩石卧，趁陶元亮菊花期

浣溪沙·泉湖道中赴闽宪别诸君

宋·辛弃疾

细听春山杜宇啼，一声声是送行诗。朝来白鸟背人飞。
对郑子真岩石卧，趁陶元亮菊花期。而今堪诵北山移。

注释

杜宇：又名杜鹃、子规，鸟名。鸣声凄厉，能使旅客起思乡之念。

白鸟：指鸥鹭。

郑子真：西汉成帝时人，屡聘不就，隐居云阳谷口，世称谷口子真。

陶元亮：陶渊明，字元亮。

北山移：即《北山移文》。作者孔稚珪，字德璋，南齐人。后世常以诵《北山移文》来讥讽那些隐居复仕之人。

简析

这首词写于辛弃疾重新出仕之际。然而词人对此并没有普通人的快意之情。开篇就表达了深深的不舍："细听春山杜宇啼，一声声是送行诗。"杜宇，又称子规鸟，"杨花落尽子规啼"，本为令人思归之鸟，却被词人喻为送行，可谓尚未离别，便已思乡。而山间白鸟，不忍见别离之景，竟然背身飞走。词人以此自喻，使本词上阕充满了伤感离别的情绪。

下阕中，作者连用了郑子真、陶元亮和《北山移文》三个典故，详细描写了自己的心境。郑子真、陶潜二人，都是著名的隐士，词人因为自己又将出仕而陷入尘网，自觉无颜再见两位先辈。《北山移文》，为南宋孔稚珪借山灵口吻而作，拒绝一位隐居后再次应召的周姓官员再临北山。实则是对贪慕名利的"假隐士"的一种嘲弄和讽刺。词人用这个典故来表达自己的无奈和羞愧。

然而，这首看似自责的词，却有着另外一种深层含义。辛弃疾并不是汲汲名利之徒，相反，他直至暮年仍怀报国之志，却屡屡受挫。词人抒发自己对隐居生活的留恋，实际上是对朝廷的抗议。与其因一个不能充分施展抱负的职位而离家远去，不如留在乡间，饮酒赋诗罢了。

全词体现了作者既祈盼出山建业，又眷恋山林的矛盾心态。

背景

此词作于绍熙三年（1192）春，词人自孝宗淳熙八年（1181）冬至光宗绍熙二年（1191）冬，被劾罢居上饶带湖整整十年。绍熙二年冬接诏命，起福建提点刑狱，次年赴任，此离家赴任时作。

秋菊堪餐，春兰可佩，留待先生手自栽

沁园春·带湖新居将成

宋·辛弃疾

三径初成，鹤怨猿惊，稼轩未来。甚云山自许，平生意气；衣冠人笑，抵死尘埃。意倦须还，身闲贵早，岂为莼羹鲈脍哉。秋江上，看惊弦雁避，骇浪船回。

东冈更葺茅斋。好都把轩窗临水开。要小舟行钓，先应种柳；疏篱护竹，莫碍观梅。秋菊堪餐，春兰可佩，留待先生手自栽。沉吟久，怕君恩未许，此意徘徊。

注释

带湖：信州府城北灵山脚下，今江西上饶市。

三径：指归隐者的居所。

鹤怨猿惊：表达出急切归隐的心情。

稼轩：辛弃疾，号稼轩。

甚：正是。

云山：农村。

意气：神态。这里指志气。

衣冠人：上层或高贵的人物。

抵死：终究，毕竟。

意倦须还：这里指退隐回家。

莼羹鲈脍：美味。

葺（qì）：用茅草覆盖房顶，泛指修理房屋。

先生：是下人对辛弃疾的称呼。

简析

力主抗金、收复中原，一直是诗人辛弃疾的主张，但却始终得不到南宋统治集团的采纳。料想到自己在不久的将来可能要被贬斥，他不由思绪万千，万般踌躇，新居将成之时，遂作此词。

上阕主要写词人想要归隐的原因。首句开门见山，顺题而起。“三径初成”，日后栖身有所，词人于失意之中亦露几分欣慰。不过这层意思，作者并没有直白地一语道出。而是写“鹤怨猿惊，稼轩未来”，以带湖的仙鹤老猿埋怨惊怪其主人的迟迟不至，曲折吐露。“鹤怨猿惊”出于南齐孔稚珪《北山移文》。不同的是，孔稚珪是以昔日朝夕相处的鹤猿惊怨周颙隐而复仕，辛弃疾用此典却反其道而行之，假设即将友好伴处的鹤猿怨自己仕而不归。“甚云山自许，平生意气；衣冠人笑，抵死尘埃。”“尘埃”意指尘世，词人认为其志向不在仕宦，而在云山，既然如此，又何须在这尘世中为官，遭人耻笑呢？“意倦须还，身闲贵早，岂为莼羹鲈脍哉？”作者认为自己现在早已“意倦”，所以更要早日离开这个尔虞我诈的黑暗官场。“贵早”二字既呼应上文归乡的急切，也引出下文写词人内心的真实想法。“秋江上，看惊弦雁避，骇浪船回。”作为一位爱国志士，他之所以盼望早日归隐，不是因为想要享受安逸，而是因为他似乎预感到自己将遭受他人的排挤和迫害，所以才想像大雁听到弦响、船儿遇到风浪一样避开，以躲避危险。

下阕则继续围绕“新居将成”这一背景，对带湖新居的景象和未来的生活进行描写。诗人对于自己的新居装饰要求很高。要在东冈修葺一座茅顶书斋，窗子要临水而开；要先种上一些柳树，方便以后在水边垂钓；秋菊、春兰这些也都是必不可少的，但要留着词人自己来栽培。写竹、梅、菊、兰，不仅表现了词人的生活情趣，更喻指词人的为人节操。竹、梅、是“岁寒三友”之二物，竹经冬而不凋，梅凌寒而怒放。“沉吟久”足以表达出词人此刻内心的矛盾与挣扎。“怕君恩未许”，作为一个看透官场的人，辛弃疾固然想要归隐山林，可是作为一个怀着赤诚之心的爱国词人，他却又不忍看到自己壮志未酬。因此，“此意徘徊”，词人在出世与入世之间矛盾着、徘徊着。

纵观全词，对心理的描写无处不在。上阕以景入情，透露了词人的思归情感；下阕则把写景作为叙事的铺垫或烘托，描绘词人对未来生活的设想。看似二者之间相对独立，但结尾的“沉吟久”含蓄而真实地表露出了他此刻内心的矛盾和挣扎。由此，也可看出词人内心对壮志未酬的不甘。

背景

这首词写于宋孝宗淳熙八年（1181），辛弃疾时年42岁，在江西路安抚使任上。辛弃疾自渡江以来，力主抗金，收复中原，但朝廷无此意，不加重用，使得他壮志难酬，一生屡遭贬斥。辛弃疾对江西的地理山川比较熟悉，因而选中了上饶的带湖一带，修建了新居，作为将来退隐之处，取名为“稼轩”，并自号为“稼轩居士”，以示去官务农之志。这年新居已基本建成，于是写了这首词。

名家点评

〔清〕陈廷焯：抑扬顿挫。急流勇退之情，以温婉之笔出之，姿态愈饶。(《词则·放歌集》)

杨炎正

杨炎正，1145年生，卒年不详。字济翁，庐陵（今江西吉安）人。其词清俊不俗，有《西樵语业》一卷。《四库总目提要》称其词“纵横排奡之气，虽不足敌弃疾，而屏绝纤秾，自抒清俊，要非俗艳所可拟”。

吾生如寄，尚想三径菊花丛

水调歌头·把酒对斜日

宋·杨炎正

把酒对斜日，无语问西风。胭脂何事，都做颜色染芙蓉。放眼暮江千顷，中有离愁万斛，无处落征鸿。天在阑干角，人倚醉醒中。

千万里，江南北，浙西东。吾生如寄，尚想三径菊花丛。谁是中州豪杰，借我五湖舟楫，去作钓鱼翁。故国且回首，此意莫匆匆。

注释

芙蓉：即荷花。此处指秋荷。

斛：古代量器名，十斗为一斛。

征鸿：远飞的大雁。

三径：指归隐后所住的田园。

中州：河南的古称，此处泛指中原。

简析

上阕起首两句，有“欲说还休，却道天凉好个秋”之意。诗人持酒独对夕阳，感怀年华流逝，岁月蹉跎，不由临风发问，“胭脂何事，都做颜色染芙蓉”。芙蓉之颜色向来如此，这一句也从侧面表现了诗人心境低落，与荷花红艳之景格格不入，才产生了这种怪诞的疑问。放眼望去，江水千顷，自在流淌，但在词人眼中，却是“离愁万斛”。“万”字极写愁绪之沉重，词人自觉如孤飞之雁无处落脚，只好借酒消愁，半醉半醒之间，满怀壮志难酬之愁思，着笔悲壮而沉郁，收束了上阕的愁绪，开启了下阕的矛盾心情。

“千万里，江南北，浙西东”，极言其远，在空间上带出一种辽阔寂寥的情感。“吾生如寄”有“人生天地间，忽如远行客”之意，以身不由己的无奈强调下一句“尚想三径菊花丛”的隐逸之思，然而问句接踵而至，词人再次愤然发问：“谁是中州豪杰？”答语不言自明，只是英雄无用武之地，词人只能“借我五湖舟楫”，却又忍不住回首故国，长叹“此意莫匆匆”。情绪层层递进，词人委婉有致而又饱满酣畅地表达了自己遭遇挫折后胸中的愤懑之情。

背景

杨炎正是杨万里的族弟，与辛弃疾相交甚密。他和辛弃疾一样，都是力主抗金的志士，但却在朝廷的投降政策下无所事事，空有卓越才能和远大抱负而无从施展。这首词正是作者秋日感怀、触景生情时所作，用以抒发自己郁郁不得志的苦闷。

名家点评

〔清〕陈廷焯：悲壮而沉郁。忽纵忽擒，摆脱一切。(《词则·放歌集》)

刘过

刘过（1154—1206），字改之，号龙洲道人，吉州太和（今江西泰和县）人。词风与辛弃疾相近，抒发抗金抱负狂逸俊致，与刘克庄、刘辰翁享有“辛派三刘”之誉，又与刘仙伦合称为“庐陵二布衣”。也工于诗，古体、律诗兼备。诗多悲壮之调。

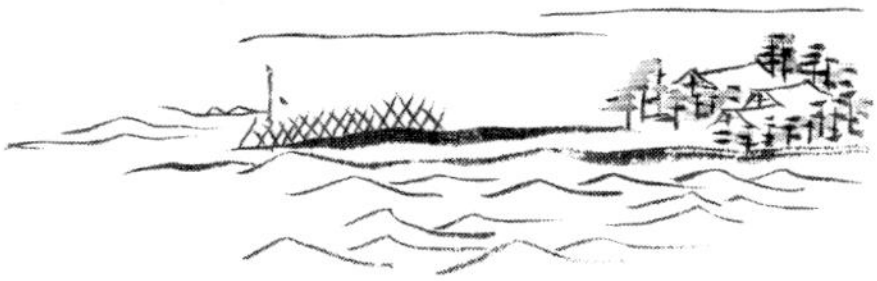

泛菊杯深，吹梅角远，同在京城

柳梢青·泛菊杯深

宋·刘过

泛菊杯深，吹梅角远，同在京城。聚散匆匆，云边孤雁，水上浮萍。

教人怎不伤情？觉几度、魂飞梦惊。后夜相思，尘随马去，月逐舟行。

注释

泛菊：饮菊花酒。泛，漂浮。

吹梅：吹奏《梅花落》曲调。

“尘随”二句：化用唐苏味道《正月十五夜》诗句：“暗尘随马去，明月逐人来。”

简析

这是一首抒写离情的词。

上阕写离别之苦。“泛菊杯深，吹梅角远，同在京城。”分别之时，词人回忆旧日同在京城之时与友人欢聚的情景。“深”和“远”形象地描述出二人饮酒时的酣畅淋漓和共赏悠远笛曲时的快乐心情。前三句仅仅十二字，不费笔墨就清楚地描写了与友人过往交游的情景，足见词人在遣词造句方面的造诣。“聚散匆匆”一句承上启下，词人笔锋一转，由“聚”的美好回忆转入“散”的现实。“云边孤雁，水上浮萍”借景喻人，表现了词人对此一别之后，两人便如孤雁浮萍，此句生动地描写了送别友人的复杂心情。

下阕直抒胸臆，写别后之思。“教人怎不伤情？觉几度、魂飞梦惊。”黯然销魂者，唯别而已矣。与好友分别后，词人失魂落魄，甚至辗转反侧，无法入眠。他希望在梦中见到好友，又害怕梦醒时要再次面对离别。末尾三句的情感再深一层，设想友人远行情景，又化用苏味道《正月十五夜》中“暗尘随马去，明月逐人来”之意，以“尘”和“月”比喻神魂相随之情，言简而意笃，情致深切。

背景

这首词是为送别卢梅坡而作。卢梅坡是诗人的好友，二人曾同游杭州。分别时，词人为了感怀与卢梅坡的交往和友谊，写下这首《柳梢青》。

名家点评

〔清〕刘熙载：狂逸之中，自饶俊致，虽沉着不如稼轩，足以自成一家。(《艺概》)

马致远

马致远（约1251—约1321），字千里，号东篱，大都（今北京）人。早年生活坎坷，屡试不第，40多岁才考中进士。曾在江浙一带做官，后调至京城任工部主事。晚年因对时政不满，遂致仕隐居。马致远是元代著名的散曲家、杂剧家，与关汉卿、郑光祖、白朴并称“元曲四大家”。

菊花开，正归来

拨不断·菊花开

元·马致远

菊花开，正归来。伴虎溪僧、鹤林友、龙山客，似杜工部、陶渊明、李太白，在洞庭柑、东阳酒、西湖蟹。哎，楚三闾休怪!

注释

虎溪僧：指晋代庐山东林寺高僧慧远。寺前有虎溪，常有虎鸣。

鹤林友：指五代道士殷天祥，据传他曾在镇江鹤林寺作法使春天的杜鹃花在重阳节绽开。

龙山客：指晋代名士孟嘉。征西大将军桓温在重阳节携宾客游龙山（今湖北江陵境内），孟嘉作为参军随游，忽然被风吹落了帽子，遭人取笑，但他泰然自若，从容作答，四座叹服。

洞庭柑：江苏太湖洞庭山所产柑橘，为名产。

东阳酒：又称金华酒，浙江金华出产的名酒。

楚三闾：指屈原。屈原曾任楚国三闾大夫。

简析

这首小令是马致远归隐之后创作的。

此曲中开篇“菊花开，正归来”二句，用陶渊明故典。这里提到“菊花”，不仅点出时令，更是归隐的象征。接着围绕秋天的景致，作者写出他所仰慕的古人及事物。“伴虎溪僧、鹤林友、龙山客，似杜工部、陶渊明、李太白，在洞庭柑、东阳酒、西湖蟹”，将各种令人心生向往的人、事、物并列而谈，点明了归隐的生活乐趣。闲居野处，再无世事扰神，每日来往交游者，都是虎溪的高僧，鹤林的道友，龙山的佳客。这种生活状态，有如词人敬仰的杜甫、陶潜、李白等前贤高才，与他们神交于草堂之中、菊篱之旁、青山之间。闲来无事，寻三五好友饮酒和诗，是何等逍遥自在的日子！

在小令的最后，马致远用一贯嬉笑而诙谐的语气，回答了自己为何选择归隐：“楚三闾休怪！”这并不是在否定屈原的选择，也不是对家国天下终于冷漠。这样的选择背后隐藏了深深的痛苦和无奈，因为当权者是他无法抵抗的，词人不愿为一个腐朽的王朝卖命，也只能选择寄情于山水之间了。

整首曲多是名词的堆砌，但却描绘出一幅隐逸生活的画卷，读起来并不觉得堆叠和重复。

背景

这首小令作于马致远辞官归乡之后，抒发了自己满腔无奈心酸，只能借诗书山水暂销愁绪的心情。

名家点评

〔明〕朱权：马东篱之词，如朝阳鸣凤。其词典雅清丽，可与灵光景福两相颉颃，有振鬣长鸣万马皆喑之意。又若神凤飞于九霄，岂可与凡鸟共语哉！宜列群英之上。(《太和正音谱》)

汤显祖

汤显祖（1550—1616），明代戏曲家、文学家。字义仍，号海若、若士、清远道人，江西临川人。他不仅于古文诗词颇精，而且能通天文地理、医药卜筮诸书。在汤显祖多方面的成就中，以戏曲创作为最，其戏剧作品《还魂记》《紫钗记》《南柯记》和《邯郸记》合称“临川四梦”，其中《牡丹亭》是他的代表作。

猗兰延客语，高菊以邻芳

秋日西池望二仙桥

明 · 汤显祖

池上映秋光，登临爱夕阳。
镜中蒲柳色，衣上芰荷香。
听雨初留屐，当风一据床。
猗兰延客语，高菊以邻芳。
紫翠连山暝，晴阴隔水凉。
坐看人世小，仙驭白云乡。

注释

二仙桥：在作者家乡江西临川。

登临：登山临水。

镜中：指西池水中。

蒲柳：水杨，一种入秋就凋零的树木。

芰荷：指菱叶与荷叶。

据床：坐床。床乃坐具，或称胡床。

猗兰：古琴曲《猗兰操》的省称。

简析

本诗是一首赏景佳作。开篇点出诗人游览的季节和时间，秋光夕色，天光云影映于西池，令人心怀大畅。接着，诗人的视线由远及近，由大至小，转向了镜中映出的树木和衣裳间的香气。秋高气爽，更有水生植物的清香环绕，此情此景，正宜宽然安坐，风雨落处，也无扰闲适心情。

下句由写景转为抒情，以“猗兰”与“高菊”自比，抒发诗人向往隐逸、不愿羁留于世事的情操。菊花乃花中四君子之一，是高洁志趣的象征。诗人以此待客，想必也是“谈笑有鸿儒，往来无白丁”的盛景。

远山如黛，紫翠交织。晴阴宜人，隔水仍觉清凉。当此舒心畅意之景，诗人不由得发出“坐看人世小”的感叹。面对自然的壮丽景色，世间蝇营狗苟之事也就不值一提了。也难怪诗人要辞官归隐。

背景

本诗作于汤显祖退隐后，秋日游览二仙桥之时，体现了诗人闲适自在的心情。

徐　灿

徐灿（约1618—1698），字湘蘋，又字明深、明霞，号深明，江南吴县（今苏州市西南）人。明末清初女词人、诗人、书画家，为“蕉园五子”之一。工诗，尤长于词学。她的词多抒发故国之思、兴亡之感。

时节是重阳，菊花牵恨长

菩萨蛮·秋闺

清·徐灿

西风几弄冰肌彻，玲珑晶枕愁双设。时节是重阳，菊花牵恨长。
鱼书经岁绝，烛泪流残月。梦也不分明，远山云乱横。

注释

西风：即秋风。
晶枕：晶莹的玉枕。
双设：成双摆设。
鱼书：指书信。
分明：清楚。

简析

这是一首描写闺怨的小词。上阕以秋景开篇，词人自言秋风已将遍身吹彻，寒意沁骨，“几度”言秋风不解人意，只顾一味恼人，营造了一个孤单凄清的境况。“玲珑晶枕愁双设”，良人不在，水晶枕即便再美丽，也只能勾起人的愁绪——摆设越是成双成对，越是提醒着词人自己的孤单。重阳本是亲人团聚之日，当登高饮酒，赏菊吟诗，但值此佳节，词人却独对菊花，孤寂之情难消。

下阕中词人自道心事。所恨为何？良人远去，音信不通。“烛泪”“残月”都是凄清的意象，红烛久燃，想必词人也是由黄昏到深夜，连月也残尽，却仍不能摆脱这入骨相思。想在梦中相见，却又看不清良人的面容，醒来之后，唯有远山微云，苍茫景色。寥寥几笔，生动地勾勒了一位深闺女子思念离人，辗转反侧的画面。

全词婉约清丽，情致真实深切，用日常事物衬托闺中人独居的寂寥情景，可谓别出心裁。

背景

本词是作者与其夫陈之遴分居两地时所作，抒发了词人苦闷的相思之情。

名家点评

〔清〕陈维崧：才锋遒丽，生平著小词绝佳，盖南宋以来，闺房之秀，一人而已。(《妇人集》)

纳兰性德

纳兰性德（1655—1685），字容若，号楞伽山人，原名纳兰成德，因避讳太子保成而改名为纳兰性德，清朝初年词人。其词以“真”取胜，写景逼真传神，词风清丽婉约，哀感顽艳，格高韵远，独具特色。著有《通志堂集》《侧帽集》《饮水词》等。

雨晴篱菊初香，人言此日重阳

清平乐·将愁不去

清·纳兰性德

将愁不去，秋色行难住。六曲屏山深院宇，日日风风雨雨。

雨晴篱菊初香，人言此日重阳。回首凉云暮叶，黄昏无限思量。

注释

清平乐：词牌名，又名《清平乐令》《醉东风》《忆萝月》，为宋词常用词牌。双调四十六字，八句，前片四仄韵，后片三平韵。

将愁：长久之愁。将：长久之意。

六曲屏山：曲折之屏风。

重阳：重阳佳节。

凉云：阴凉之云。南朝齐谢朓《七夕赋》："朱光既夕，凉云始浮。"

简析

这是一首重阳佳节的感怀之作。

"将愁不去，秋色行难住。"词人直言无法挥去愁苦，无法留住美丽的秋景。"六曲屏山深院宇，日日风风雨雨。"屏风掩映下的庭院，终日都是愁云惨淡，下着凄雨，令人倍感凄切。境由心生，所谓的庭院深深，其实是词人内心中的幻影，因为凄苦的心情令环境也变得压抑。

"雨晴篱菊初香，人言此日重阳。"天气转晴，菊花绽开，芳香四溢。词人恍然大悟，原来正逢重阳佳节，难怪惹得人无限伤感。古人道"每逢佳节倍思亲"，纳兰逢此重阳，追忆从前，不由得感慨万千。多少往事还历历在目，而如今却孤苦凄清无人陪伴。

"回首凉云暮叶，黄昏无限思量。"傍晚时分，词人看着天边的云彩与落木，心中不禁涌起万千思绪。词的结句幽思惆怅，低回缥缈，耐人寻味。

背景

词人在重阳之时，忆往昔，感怀往事，遂作此词。

名家点评

〔近代〕王国维：纳兰容若以自然之眼观物，以自然之舌言情，此由初入中原，未染汉人风气，故能真切如此。北宋以来，一人而已。(《人间词话》)

郑 燮

郑燮（1693—1765），字克柔，号板桥。江苏兴化人。乾隆元年（1736）进士，先后任范县（今属河南）、潍县（今属山东）知县，为官清廉，颇受百姓拥戴。后因得罪权贵辞官归乡。辞官后到扬州以卖画为生，为“扬州八怪”之一。郑诗风格清新流畅，感情真挚，多反映民生疾苦，富有现实意义。

真菊重重画菊斜，一般秋色在陶家

题画菊

清·郑燮

真菊重重画菊斜，一般秋色在陶家。
半年不费栽培力，水墨能开顷刻花。

注释

陶家：指陶渊明。

简析

菊花自古被文人墨客赞为四君子之一，菊花清标傲世，不同俗流，于深秋之际，凌霜盛开。郑板桥与陶渊明一样，守君子之道，辞官归隐，也以“秋色在陶家”自喻，表现自己对腐朽社会的憎恶之情和不愿与俗世同流合污的高洁情操。

“水墨能开顷刻花”一句，更是对菊花极高的评价，仿如仙人所为，也是郑板桥对自己画技的赞赏和自许。小诗清新脱俗，通过描摹自己画菊的过程抒发情感，不仅内容丰富，也与画面主题完美贴合。

背景

本诗为郑板桥写于《兰菊竹石图》之上的题画诗，抒发了诗人对菊花的喜爱之情。

本为编篱护菊花，谁知老竹又生芽

竹菊图

清·郑燮

本为编篱护菊花，谁知老竹又生芽。
千秋名士原同调，陶令王猷合一家。

注释

陶令：指陶渊明，曾做过彭泽令。

王猷：即王徽之。王徽之，字子猷，为王羲之第五子，晋代名士，以爱竹著称。曾经留下“何可一日无此君”的咏竹名句。

简析

郑板桥以善于画竹著称，这首诗便题在《竹菊图》之上。诗人奇思幻想，以亦实亦虚的手法，浑然天成地把竹菊融合在一起，历来为后人所推崇。

“本为编篱护菊花，谁知老竹又生芽”，竹子本来是作为篱笆，用来保护菊花的，谁知道时间久了，居然长出了新芽，竹菊相映成趣，成了一道意想不到的景观。诗人由此发出感慨，竹子和菊花都是文人雅士们常常吟诵的主题，素有名士、隐士之美誉，它们同在一幅画面里，就像爱菊的陶渊明和爱竹的王子猷两位名士相聚一堂，其乐融融。这是诗人的雅趣之言，但真正志趣相投的知己，于精神上是无所阻隔的。

梅兰竹菊向来被称作四君子，代表着中国传统文人所崇尚的高洁不俗、坚贞雅致、内敛含蓄等品质，这首咏《竹菊图》的题画诗表现的正是这样一种高洁的思想境界。

整首诗格调高雅，想象奇幻，极富美感。

名家点评

〔清〕李鳝：三绝诗书画，一官归去来。(《楹联丛话》)